Prix 0 fr. 95 Net l'ouvrage complet.

ÉDITION ILLUSTRÉE.

PAUL MARGUERITTE

L'AVRIL

Illustrations
de
Laurent-Desrousseaux

PARIS
MODERN-BIBLIOTHÈQUE
ARTHÈME FAYARD, ÉDITEUR
78, BOULEVARD SAINT-MICHEL, 78

L'AVRIL

PAUL MARGUERITTE

L'AVRIL

La Confession Posthume

Illustrations d'après les aquarelles
DE
LAURENT-DESROUSSEAUX

PARIS
MODERN-BIBLIOTHÈQUE
ARTHÈME FAYARD, EDITEUR
78, BOULEVARD SAINT-MICHEL, 78

A Georges DESSOMMES

HIVER DE PROVENCE 1894

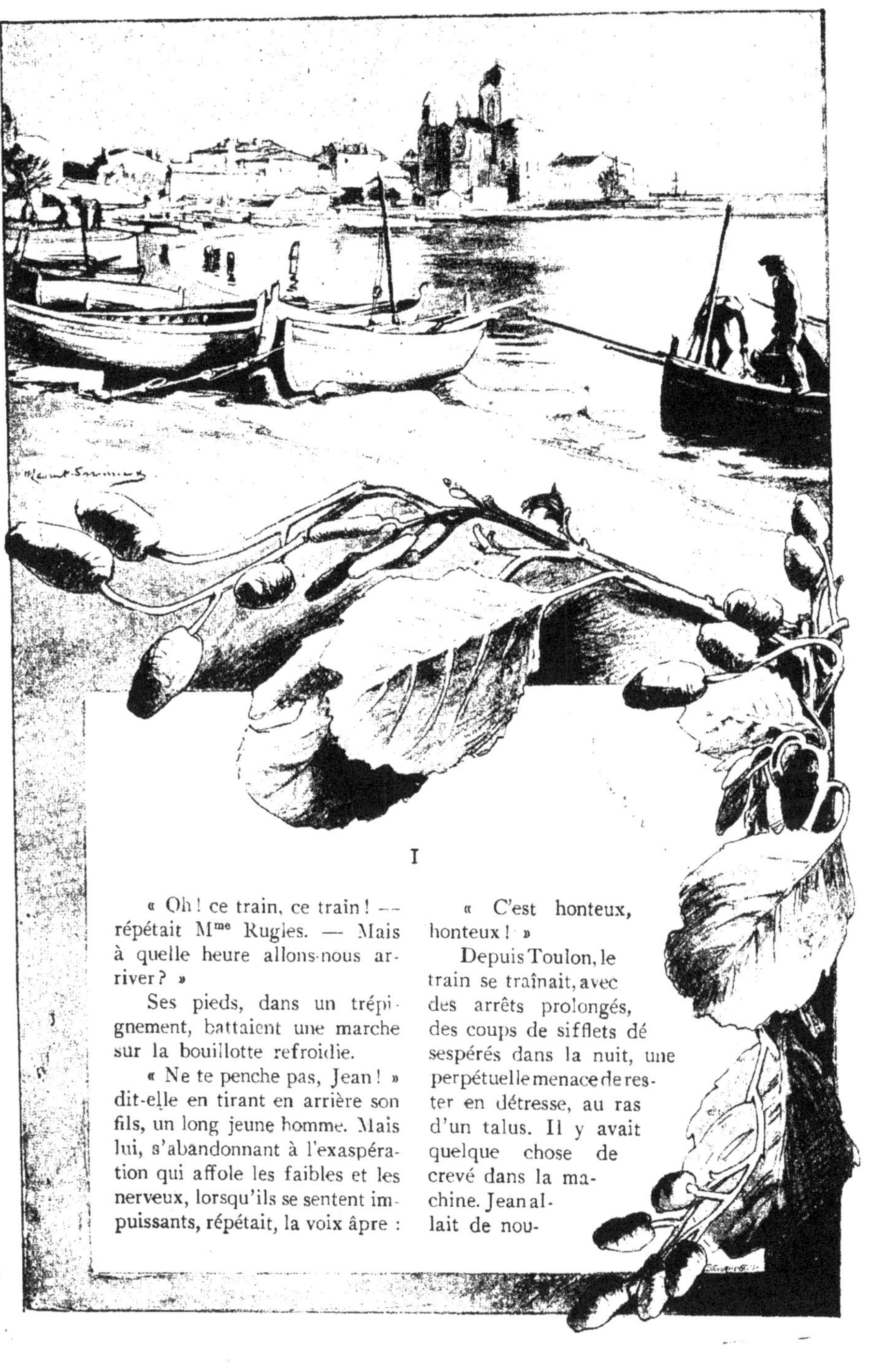

I

« Oh ! ce train, ce train ! — répétait Mme Rugles. — Mais à quelle heure allons-nous arriver ? »

Ses pieds, dans un trépignement, battaient une marche sur la bouillotte refroidie.

« Ne te penche pas, Jean ! » dit-elle en tirant en arrière son fils, un long jeune homme. Mais lui, s'abandonnant à l'exaspération qui affole les faibles et les nerveux, lorsqu'ils se sentent impuissants, répétait, la voix âpre :

« C'est honteux, honteux ! »

Depuis Toulon, le train se traînait, avec des arrêts prolongés, des coups de sifflets désespérés dans la nuit, une perpétuelle menace de rester en détresse, au ras d'un talus. Il y avait quelque chose de crevé dans la machine. Jean allait de nouveau se précipiter à la portière, pour interpeller le Chef de la petite gare devant laquelle on stationnait depuis un grand quart d'heure, quand Mme Rugles lui retint le bras, avec force et douceur. De le voir plus enragé qu'elle, cela venait de la calmer ; elle avait peur, aussi, qu'il ne cherchât une querelle inutile, ou dangereuse. Tous deux se retournèrent vers une forme délicate allongée sur la banquette...

« Tu n'es pas trop fatiguée, ma pauvre chérie ? » fit la mère.

Jean demanda :

« Tu n'as pas trop froid, Minnie ? »

La tendresse de leurs voix expliquait leur impatience ; leur anxiété concernait visiblement la jeune fille. Elle rejeta les schalls qui l'enveloppaient et redressa un buste fin. Son visage, embroussaillé de mèches blondes, parut, à la clarté de la lampe du plafond, singulièrement pâle, avec le vif d'yeux cernés, d'admirables yeux bombés et très rapprochés, luisants comme des billes d'or verdâtre. Un feu subtil, une âme vivace animaient ses traits de l'éclat intérieur d'une veilleuse en porcelaine ; et elle se montrait aussi fuyante et inquiétante, à la merci d'un souffle qui éteindrait cette lueur et d'un heurt qui briserait le Saxe fragile dont elle semblait pétrie.

« Tu dormais peut-être ? » dit la mère, déplorant ce réveil inutile, qu'elle devinait suivi d'un malaise, d'une perception trouble de la peur et du mystère nocturnes. Couchant dans la même chambre que sa fille, elle se réveillait presque toujours en même temps qu'elle ; que de fois elle avait surpris l'éclair d'angoisse qui passait dans ces yeux d'enfant rouverts à la vie dolente, à l'inconnu de la minute présente et à venir !

« J'aime mieux !... » et la jeune fille jeta les pieds à terre, sans qu'on vît plus qu'une chaste ligne de vie, disparue aussitôt que tracée sous l'ondulation tombante de la jupe. « Quels rêves bêtes l'on fait ! Et c'est si vague, si confus, si inutile !... » acheva-t-elle en secouant la tête pour dissiper les vibrations vagabondes de l'idée.

Jean tira sa montre, hocha la tête, compulsa l'Indicateur, le rejeta et dit :

« Crois-tu ! Deux heures un quart de retard et encore trois stations. Ignoble train, va ! »

Il referma précipitamment la vitre, Minnie toussait. Mme Rugles ne la regarda pas, elle serrait les lèvres, les bras croisés, toute rigide, comme si elle n'entendait pas cette toux qui lui faisait mal dans le cœur.

« Bah ! on n'est pas plus mal ici qu'ailleurs ! » Et Minnie regarda autour d'elle d'un air de doute, avec une moue qui suspectait la tout juste propreté de ce salon banal de premières, où tant de gens s'étaient assis, et qu'imprégnaient un fleur équivoque d'humanité anonyme, un lointain relent de cigare joint à l'odeur du vernis. Une association d'idées suscita immédiatement chez elle le regret du chez soi, de leur bonne petite maison des champs à Mortefontaine, et l'appréhension de la villa meublée d'hiver qu'ils comptaient louer, à Saint-Frégose. La trépidation du rapide l'avait d'ailleurs énervée ; le sentiment de son impuissance emportée dans l'élan irrésistible de cette force brutale qui fendait un paysage noir, des forêts d'ombre, des fleuves blêmes, des éclairs de gares, aboutissait en elle à une détresse qui la fit se jeter sur sa mère et l'embrasser à pleins bras.

Cette effusion spontanée criait aussi :

« Ne souffre pas pour moi, maman chérie ! »

Mme Rugles le comprit, et Jean de même. Ces trois êtres s'aimaient tendrement et s'entendaient penser. Souvent il venait à l'un une phrase que l'autre allait justement dire : cet accord était surtout frappant entre les deux jeunes gens, qui se ressemblaient de toute manière. Jean les regardait, la mère tenant les mains de Minnie dans les siennes avec une expression profonde de protection. Minnie se réfugiant contre elle avidement, toutes deux en une de ces communions d'âme qui ne parlent pas, n'ont l'air de rien, et contiennent cependant toute l'intensité de l'émotion humaine.

« Pauvre petite sœur ! » balbutia-t-il en lui-même, plein d'une adoration attendrie qui laissait place à des craintes, sinon imaginaires, du moins, il l'espérait, trop vives pour n'être pas exagérées. Cet hivernage au soleil pouvait être excellent, l'air marin fortifierait la faiblesse de la jeune fille. Loin de la croire en danger, le docteur Farus, leur vieil ami, n'avait-il pas paru rassuré par la résistance que ce nerveux organisme offrait à l'envahissante anémie, cette langueur survenue à la suite d'un premier chagrin d'amour?

« Pauvre petite! » Une haine farouche le raidit contre tous les Davenne, contre son oncle Pierre, sa tante Lise, surtout contre son cousin Guy qu'il avait aimé en frère jusqu'à présent, et qu'il détestait et méprisait depuis qu'il l'avait vu céder, sans révolte apparente, à la tyrannie de son père ; car M. Davenne s'était irrévocablement prononcé contre toute possibilité d'union entre son fils et sa nièce, bien qu'il les eût laissés grandir côte à côte, sans méfiance, souriant même à cette affection qu'il réprouvait maintenant, depuis que la mort de son beau-frère avait laissé les Rugles à demi ruinés. Sans doute, il trouvait l'écart trop grand entre eux et lui, ingénieur enrichi à l'étranger, élu député aux dernières élections, demain ministre, qui sait?

— Tu dormais peut-être? dit la mère.

Jean revoyait les scènes qui avaient alors bouleversé la famille, scènes tragiques dans le fond, maladroites dans la forme, et teintées de ce ridicule souvent burlesque qui s'attache aux circonstances pathétiques, où le beau geste, la parole à effet sont presque toujours ravalés par le souci de l'attitude, les petites préoccupations vaniteuses ou égoïstes, l'absurdité inconsciente et prud'hommesque des phrases. Sa tante autrefois douce, maintenant aigrie et hostile, ramassée dans un hérissement de poule grasse, son oncle bouffi d'autorité, écarlate comme un dindon, jusqu'à Guy en sa longueur de héron timide et taciturne, ces trois êtres lui apparaissaient étrangers, ennemis, odieux, sans parenté réelle ni possible. Songer que sa mère les avait pu supplier! L'oncle Pierre était resté inflexible et, pour éloigner Guy, il l'avait fait déléguer comme représentant du Gouvernement à l'exposition de Chicago. Quatre mois, depuis, avaient passé ; et Minnie, n'espérant plus, n'avait pas rouvert une seule fois la bouche pour prononcer le nom de son cousin. Si elle mourait de ce refus, pourtant ! Misère désespérante ! Brutes sans cœur que ces Davenne ! Ah ! devenir riches tout à coup, hériter de millions et leur lancer cet or au visage en criant :

« Nous vous l'achetons, votre Guy ! Minnie le paye et l'épouse ! »

Le train roulait, à présent, conservant une lenteur exaspérante ; et au terme de ce long voyage, après une nuit d'insomnie et l'hébétude d'une journée, il semblait aux Rugles qu'ils n'arriveraient jamais. Le repos qu'ils avaient pris en déjeunant à Marseille, sur le vieux port, ajoutait à leur lassitude, en obsédant leur cerveau d'images tumultueuses de rues, de passants et de voitures. Les viandes froides dont ils avaient dîné dans le train leur pesaient ; ils aspiraient au bien-être en pantoufles, à l'intimité d'un *home*. Mais, dans l'esprit de Mme Rugles et de Jean, au-dessus de ces petites convoitises mesquines, planait un cruel souci à l'égard de Minnie, la peur qu'elle n'eût pris mal, que cet excès de fatigue n'aggravât la petite fièvre dont elle brûlait, tous les soirs ; c'est à cela qu'ils songeaient, en croisant leurs regards, tandis que la malade, retournée à son coin, contemplait la nuit et tâchait d'apercevoir la mer, qu'on longeait d'assez près, et dont on sentait l'odeur saline dans le vent d'est, qui, chargé d'électricité et de pluie, soufflait par bourrasques.

« Et ce temps ! — murmura Mme Rugles avec l'intonation de désespoir disproportionné que les femmes mettent à leurs contrariétés les plus légitimes, — jusqu'au temps qui est contre nous ! »

Elle ajouta :

« Y aura-t-il seulement un omnibus à la gare ? Tout le monde dormira à pareille heure ? Où trouver un hôtel ? »

Jean confirma ses craintes :

« Nous n'arriverons pas avant minuit et demie ou une heure ! »

Elle grommela, sans pouvoir réprimer un regain de rancœur :

« Je ne comprends rien au silence des Essler, ce sont eux qui nous engagent à venir à Saint-Frégose, et quand on se décide au dernier moment et qu'on leur écrit, pas de réponse ! »

Jean fit un geste vague, faute d'explication probable. Le silence retomba, lourd d'un besoin de sommeil, teinté de la tristesse propre au jaune et terne éclairage du wagon. Des bâillements incoercibles, à peine déguisés sous la main, car on se sentait à bout de patience polie, allongèrent en un désespoir de masques japonais les faces de Jean et de sa mère ; la contagion gagna Minnie ; elle montra ses dents blanches, l'intérieur rose d'une bouche de chat prête à mordre, en une grâce soudainement féline et purement animale. Ce fut comme si quelque chose de sa féminité intime, de la réalité charnelle se fût trahi. Jean en eut la sensation subtile, il ne put s'empêcher de suivre le contour de cette silhouette aimée, épaules tombantes, jeune corsage bombé, jupe brisée aux hanches et longeant l'invisible du reste du corps : Minnie lui apparut charmante, non seulement en tant que sœur, mais aussi en tant que vierge ; il perçut combien elle devait se révéler exquise et désirable aux yeux des autres hommes, et cela lui causa presque une souffrance jalouse, car dans sa tendresse pure, respectueuse et familière pour elle, entrait cependant un élément indéfinissable. Il avait conscience qu'elle dégageait, en plus d'une séduction fraternelle, l'immémorial attrait de son sexe ; c'était la fleur et le parfum de l'Eve éternelle qu'elle emportait dans sa robe, et il n'était pas maître de n'en pas respirer et savourer la douceur.

Le regard dont il l'enveloppait donna à la jeune fille, autant qu'un réel frôlement, l'intuition qu'elle était épiée ; elle se détourna et, d'un déplacement qui la souleva légère, elle vint s'abattre à son côté et se blottir contre son épaule. Ce contact câlin rompit le charme, il se sentit froid devant l'insexualité indubitable de ce corps ; Minnie ne fut plus que sa sœur ; le fantôme idéal disparut, fit place à la matérialité d'un être connu, habituel, dépossédé de la secrète magie dont se parent la grâce du maintien et le galbe du vêtement. Affectueux, mais blasé, il serra la petite main gantée de peau de Suède salie, distingua la couture réparatrice d'un pli dans l'étoffe de la robe : le pied long et mince de l'enfant, cambré dans une bottine à boutons, ne fut plus pour lui qu'un pied quelconque.

Leur mère les envisageait d'un regard aimant et concentré. Très belle autrefois, ses traits se fondaient en un empâtement rubicond, mais d'admirables cheveux gris-cendré, des yeux et des lèvres de bonté lui donnaient un air de dignité familiale. Sa taille élevée gardait un peu de la gaucherie, non sans charme, qu'ont les personnes trop grandes, et cela rendait parfois son maintien indécis. Pourtant on la devinait dans le fond passionnée, apte au sacrifice, très capable de volonté. Ayant beaucoup souffert du vivant de son mari qu'elle adorait, et qui avait abusé de cette indulgence, elle avait dû, M. Rugles mort, il y avait de cela deux ans, se débattre au milieu d'affaires embrouillées, vendre l'usine qu'il dirigeait, à Puteaux. Au lieu de la fortune accoutumée, chevaux, voitures, grand train de vie, ce n'était plus qu'une aisance modeste, appartement au quatrième, dans Paris, maisonnette à la campagne, l'été. Elle avait fait preuve en tout cela d'une si digne vaillance que son frère, le terrible oncle Davenne, l'avait admirée. Il n'avait désapprouvé qu'une chose, qu'elle consentît à retirer Jean du lycée Henri-IV où, à vrai dire, il ne travaillait guère, et le mît demi-pensionnaire à l'institution Gaussin. Là, il avait décroché la première partie de son baccalauréat, mais venait de se faire refuser à la seconde. Sans doute, le laisser tout l'hiver à Paris, interne, eût été plus sage, mais il avait tant promis de travailler à la maison, qu'elle avait cédé pour ne pas le séparer de sa sœur souffrante.

Elle vint s'abattre a son coté et se blottir contre son épaule.

Et lui, qui connaissait bien le fort et le faible de cette tendresse maternelle, ruminait tout cela, avec une gratitude rusée et satisfaite, sous le regard généreux et confiant dont elle le couvait, un regard brun qu'il sentait plein de vitalité encore, quoiqu'elle parût, en tout son être tassé par le trajet, plus vieille et plus affaissée ce soir, avec un sourire qui disait son accablement sous le poids des heures de route et peut-être aussi des années de vie.

Combien de temps dura leur immobilité, le sommeil aux yeux ouverts qui les gagnait peu à peu? Soudain éclata le nom de la dernière station avant Saint-Frégose. Ils tressautèrent, bouclèrent rapidement les schalls, Minnie se recoiffa, Mme Rugles chercha un gant perdu. Et maintenant, si près d'arriver, ils s'étonnaient presque que ce fût possible, prenaient des yeux congé de ce compartiment qu'ils ne reverraient sans doute jamais, et où avait tenu un peu d'eux-mêmes.

« Saint-Frégose! » cria la voix chantante d'un employé provençal.

Ils descendirent, seuls, du train, sur un quai glissant aux tristes flaques de lumière mouillée; des arbres frissonnaient au milieu d'une place, des pans de murs à volets clos étalaient leur nudité funèbre, çà et là béaient des terrains hérissés de palissades; on ne pouvait discerner si l'on était dans une ville ou dans un village: seulement des choses noires et indistinctes, hangars ou démolitions, sentaient la glaise mouillée, le moisi du plâtre et du bois. Le vent soufflait dans les avenues vides, pas une âme, une lueur de réverbère tremblotait au loin: c'était lugubre!

« Couvre bien ta bouche, Minnie! Mais Dieu! Mais qu'allons-nous faire? Monsieur, monsieur l'Employé, s'il vous plaît? Ah çà, nous ne pouvons pourtant pas coucher dans la rue! »

Cette voix en détresse, ce qu'avait de naïf, de légèrement comique, l'effarement de sa mère, choquèrent l'amour-propre encore enfantin de Jean qui s'imaginait toujours, semblable aux autres jeunes gens, que des yeux et des oreilles se tendaient, ironiques, pour épier ceux en compagnie desquels il se trouvait, ou lui-même. Il répondit de haut:

« Mais il n'est pas si tard, ce n'est pas bien difficile de trouver un hôtel! »

Il dit cela exprès devant l'employé auquel il remettait les billets, en voyageur qui sait où aller. Dans quelle direction, par exemple, il eût été bien en peine de le décider; mais un nain, qui avait la tête au milieu du ventre et qui était crotté jusqu'au haut de sa bosse, surgit au milieu d'eux, par enchantement:

« Hôtel de Savoie? Tout près! »

D'autorité, il avait pris les rouleaux de couvertures, la valise, et marchait devant, providentiel. Aux timides questions de Mme Rugles, dont la sensibilité féminine avait ressenti la froideur de Jean à l'égal d'un rudoiement, il répondait par bouts de phrase:

« Le plus vieil hôtel du pays, très bon, pas cher! Train en retard. S'était endormi dans la salle d'attente! Par bonheur pour eux, sans quoi ils n'auraient trouvé personne pour les conduire! »

Ils le suivaient dociles, à la fois rassurés et méfiants, à cause de ses pantalons effrangés. Il allongeait des jambes de faucheux, en retournant vers eux, de guingois, une face camuse et malicieuse, barrée au front d'une casquette d'enfant. On avait passé sous le pont du chemin de fer, laissé à gauche les toitures d'un petit marché, traversé une ou deux rues borgnes, quand il s'engagea dans une impasse éclairée d'une lanterne et pénétra entre quatre ormes formant bosquet et reliés par des treillages verts.

« Voilà! » Et déposant les colis, il se mit à cogner à grands coups de poing la porte en criant:

« Moussu Loustigarel! »

Personne ne répondait, il cogna et appela plus fort, jusqu'à ce que, las de se meurtrir la main sans résultat, il commençât à défoncer le panneau à coups de semelle. Ce tapage et la mauvaise mine du logis, plus auberge qu'hôtel, crépie d'un ocre sale, avec des volets d'un vert atroce, on ne sait quoi d'usé et de sordide, saisirent péniblement les deux jeunes femmes qui se rapprochèrent, peureuses, de Jean. Elles se voyaient restant dans la rue, et en même temps redoutaient de passer la nuit dans cette maison. Enfin, comme pour la vingtième fois le bossu hurlait, en détachant chaque syllabe et en la prolongeant démesurément:

« Mou...ssu... Lous...tu...gaa...rrelll!... » une fenêtre s'ouvrit au premier, d'où une

Il allongeait des jambes de faucheux, en retournant vers eux une face camuse et malicieuse.

voix demanda, mal éveillée et bourrue, s'il y avait le feu? Peu d'instants après, on déverrouillait la porte et un homme en pantalon et bras de chemise, velu comme un

Mme Rugles, élevant son bougeoir en l'air, passa l'inspection des boiseries piquées ..

faune et coiffé d'un madras, se reculait pour les laisser entrer. Reconnaissant des dames il s'éclipsa, en marmottant des excuses que Mme Rugles prit pour des mots désagréables. Elle avait commencé par réclamer du feu dans les chambres, ce qui lui attira la considération du bossu. Il les précédait gravement, bougeoir en main, dans l'escalier carrelé de rouge, le long de couloirs douteux où de grosses chaussures éculées s'alignaient par paires, insouciantes de leur laideur et presque goguenardes. La clef tourna, et les Rugles se trouvèrent dans une chambre à deux lits, communiquant avec une pièce plus petite que Jean se vit assigner.

La difformité du nain, plaçant des allumettes sur la table de nuit, parut alors plus choquante à la lumière, et son va-et-vient entre les deux femmes, tandis qu'il profilait sa monstrueuse silhouette sur la blancheur des lits et des murs, mettait comme une violation d'intimité dans cet intérieur pourtant si banal et si quelconque. Il fallait subir encore sa présence importune, car il étageait des bûches et faisait grésiller des pommes de pin, dont la fumée odorante, mais âcre, prit Minnie à la gorge. Elle se tenait debout, regardant fixement la cheminée et l'homme qui grimaçait bizarrement à la flambée, avec un air de gnome, en prenant entre ses doigts les pommes de pin rutilantes, sans se brûler. Il souhaita enfin le bonsoir et sortit, oubliant sa casquette sur une chaise ; Jean s'en aperçut et voulut le rappeler, mais il avait disparu Dégoûtée, Mme Rugles saisit avec des pincettes la loque noire, pareille à un gros crapaud, et la déposa dans le corridor où elle fraternisa avec des souliers cyniques ; ce n'était rien, ce geste, et il n'était certes point méchant, mais il marquait si expressivement la différence des castes et l'infériorité misérable de l'homme serf, du Caliban voué aux durs et bas services, que Jean eût préféré que sa mère eût pris cette guenille avec ses doigts et ne la déposât point sur le carreau nu. Ce scrupule le poursuivit si fort qu'il ne put s'empêcher de sortir et de ramasser la casquette, qu'il alla déposer au bout du palier, en évidence sur une malle.

Quand il rentra, Mme Rugles, élevant son bougeoir en l'air, passait l'inspection des boiseries piquées et du papier sali ; elle tâta ensuite les matelas déjetés, ravinés au milieu et vérifia la blancheur des draps.

Elle se tenait debout, regardant fixement la cheminée.

« Enfin, — murmura-t-elle en hochant la tête, — une nuit est vite passée! A quoi penses tu? » demanda-t-elle à sa fille.

Minnie se tenait immobile à la même place et regardait toujours le feu, absorbée dans ses réflexions. Elle eut le brusque sursaut d'un être qui se réveille. Son visage avait pris une expression singulière.

« Ce n'est pas gai, — dit-elle, — cette arrivée ;et dans quel endroit, maman !... Oh !non, ce n'est pas gai, Saint-Frégose, pas gai du tout ! »

Elle essayait de sourire, mais ses cils battirent et sa voix s'étrangla, un frisson la secouait. Elle dit :

« J'ai froid. »

Mme Rugles la prit aux épaules et la fit asseoir près de la cheminée ; là, s'agenouillant, elle se mit à lui défaire ses bottines comme à une enfant, puis, serrant dans sa main les petits pieds glacés dans les bas noirs, elle les présenta à la flamme, en répondant avec un accent de tendresse indicible à la résistance de la jeune fille :

« Laisse, je vais te déshabiller, mon enfant ! »

II

Quand Jean s'éveilla, une aube jaune éclairait le haut des volets, dont le bas plongeait encore dans un jour bleuâtre. Il sauta du lit et ouvrit la fenêtre.

A travers la lumière fraîche, des palmiers, le long d'une avenue, s'étendaient jusqu'à une église trop neuve et trop vaste, d'un bizarre style byzantin. Elle dominait la mer, qu'on apercevait par places, entre les maisons ; et des montagnes hautes et lointaines bordaient l'horizon. C'était, de tous côtés, un contraste de masures vieilles et malpropres, jurant à côté de maisons neuves à cinq étages, le tout disséminé, espacé sur des terrains vagues, et qui marquait bien, en dépit des réclames de journaux, la station d'hiver pompeuse et vide, trop hâtivement greffée sur le village de pêcheurs qu'était, trois ans auparavant, Saint-Frégose. Jean s'habilla sans bruit, il lui semblait qu'on dormait encore dans la chambre à côté, après une nuit agitée, pendant laquelle il avait cru entendre sa mère se relever plusieurs fois pour couvrir ou soigner Minnie.

La porte s'ouvrit tout doucement et Mme Rugles, se glissant avec précaution, lui dit tout bas :

« Bonjour, mon cher Jean. Ta sœur ne va pas bien. J'ai peur qu'elle n'ait pris une bronchite, elle a brûlé la fièvre toute la nuit. Elle repose en ce moment, je lui ai donné de la codéine pour calmer son oppression. Il va falloir se mettre en quête des Essler qui pourront nous aider à choisir une villa, et aussi d'un médecin. Mais je n'ose pas laisser Minnie toute seule. Regarde comme elle est pâle ! »

Dans la demi-ombre de la chambre, la

vierge frêle reposait, la tête haussée par deux oreillers, sa mère s'étant privée du sien pour le lui donner. Une respiration difficile soulevait le drap qui la bordait, et son visage en contractait une expression d'effort et de souffrance qui, avec la mort du regard clos et la détente des lèvres, dégageait une poignante étrangeté. Ses paupières cernées, son teint inégalement blanc, et les nuances de ses cheveux répandus, dont le blond de blé brunissait ici, et là se décolorait en lin pâle ou verdissait d'un vieil or, tout en elle suggérait l'affinement anémié, la grâce périclitante d'un être ; pourtant la rondeur exquise du cou, la chair de lait sortant de la ruche de la chemise rassuraient par leur douceur saine. Restait la stupeur alarmante de ce sommeil factice, qui, par tout le corps aplati et écrasé sous un poids invisible, faisait penser à la rigidité d'un autre sommeil, plus profond et plus terrible. Jean en fut ému aux larmes, et une colère le secoua :

« Ah ! — murmura-t-il, — je me chargerais bien de la guérir, moi ! Mais ce chiffon mou de Guy ne l'aime pas sérieusement ; sans quoi !... »

La mère lut dans ses yeux la révolte qu'il eût conseillée à son cousin, et qu'elle pouvait craindre qu'il lui opposât un jour à elle-même, s'il voulait se marier contre sa volonté ; obscurément elle eut peur :

« Non, ce serait mal ! D'ailleurs ce mariage n'aurait peut-être pas donné le bonheur à Minnie. »

Mais la pensée que son enfant souffrait raviva toutes ses rancunes, elle serra Jean au poignet, son regard étincela :

« Jamais, — attesta-t-elle avec force, — je ne pardonnerai à mon frère sa dureté. Il a mal parlé de la mémoire de ton père, il lui a reproché nos revers de fortune. Ah ! mon enfant, obtiens ton baccalauréat et tâche de gagner plus tard beaucoup de ce déplorable argent sans lequel, aujourd'hui, on n'est rien, on n'a rien ! Si nous étions encore riches, Minnie serait mariée, heureuse et bien portante. »

Un désespoir flétrit sa belle et bonne vieille figure, décomposa sa voix :

« Mais ce n'est pas possible que mon enfant soit vraiment malade ! Tu ne le crois pas, toi, mon chéri ?

— Mère !... » et Jean, avec une envie folle de se jeter à son cou, murmura : « Oh ! maman, que vas-tu penser là, est-ce possible ?

— C'est vrai, — dit-elle, — je ne le crois pas, oh non ! ce serait trop affreux, mais il m'est bien permis d'avoir peur, je suis mère et elle ne va pas bien, mon pauvre Jean, elle ne va pas bien du tout !...

— Voyons, maman !

— Ah ! tu as raison ! — fit-elle d'un haut-le-corps où sa volonté se raidit, — je te demande pardon, mon chéri, de te peiner ainsi. »

Il serra la main qu'elle laissait pendre, sourit à tant de délicatesse :

« Va, — dit-il, — le soleil et la douceur de ce pays vont la remettre ! Si Saint-Frégose n'a pas l'air très folâtre, au moins les malades et les risques de contagion n'y abondent pas, et c'est ce que le docteur Farus craignait par-dessus tout. Cela ira bien, tu verras ! »

Elle soupira :

« Mais tu dois avoir faim, sonne, que je demande le chocolat ! »

Une bonne entra, forte et grande, le teint rose et les yeux noirs des Marseillaises, avec une façon dégagée d'accuser l'ampleur de sa gorge et le va-et-vient de ses hanches. Elle ralluma le feu et servit le déjeuner. Son sourire facile et engageant déplut à Mme Rugles, mais séduisit Jean. Il la poursuivit, quand elle sortit, d'une de ces vagues et secrètes convoitises de jeune homme, où le désir et le regret de l'irréalisable, attisés par une torturante timidité, se mêlent à des complications d'événements imaginaires et saugrenus, tout l'échafaudage de cartes d'un rêve voluptueux et puéril. Cela ne l'empêchait pas d'avoir été remué tout à l'heure, et le chagrin sincère qu'il avait éprouvé en songeant à Minnie ne l'empêcha pas davantage de beurrer soigneusement son pain ; car la vie de tous les instants est faite de ces disparates où percent le naturel oublieux de l'homme et les exigences familières des instincts. Jean avait faim et trouvait le chocolat réussi. Cela lui fit voir d'un meilleur cœur la situation.

Mme Rugles, qui avait à peine mangé et qui venait de placer devant le feu le petit

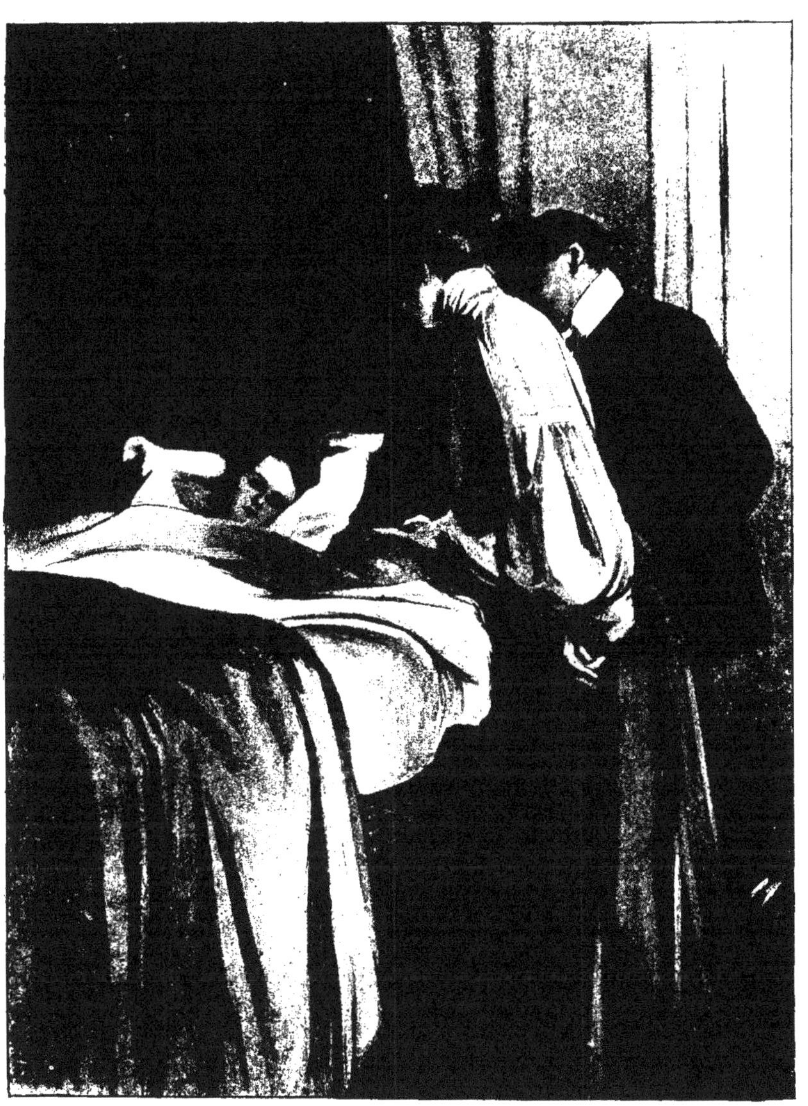

Dans la demi-ombre de la chambre, la vierge frêle reposait.

pot de porcelaine où tenait le reste du chocolat, afin que Minnie à son réveil trouvât son déjeuner chaud, ajusta son chapeau et l'épingla devant la glace.

« Je te confie ta sœur, mon chéri, — dit-elle. — Plus tôt nous nous mettrons en campagne, plus tôt nous serons installés. Du reste je tâcherai de ne pas être longue, et quant au choix d'une villa, je ne déciderai rien sans toi. »

Mme Loustigarel la renseigna avec condescendance.

Cela dit pour ménager la susceptibilité de son fils qui entendait, en toute chose, être traité en chef de famille, elle s'approcha du lit, écouta un instant la respiration de Minnie, se retourna sur le pas de la porte pour envoyer à Jean un baiser recueilli et sérieux, puis elle sortit, sans bruit.

« D'abord les Essler, » se disait-elle, et entrant au bureau de l'hôtel, elle s'informa d'eux auprès d'une vieille femme jaune comme un coing et habillée en femme de charge, qu'elle devina être la patronne. Mme Loustigarel, qui fermait les yeux dévotieusement, la renseigna, avec un mélange de condescendance et d'obséquiosité. M. et Mme Essler — elle prononça ce nom avec tout le respect dû à la richesse — habitaient hors de la ville, dans leur *bbêelle* campagne de Valençor. Si madame désirait une voiture !...

« Eh! té... » elle s'arrêta étonnée, ses yeux s'agrandirent, devant l'imprévu de la coïncidence ; elle tendit le bras vers le haut de la rue où débouchait, au pas d'un gigantesque cheval bai relevant les jambes comme s'il dansait, un grand jeune homme à casquette et guêtres, fouet de chasse en main, et suivi de cinq ou six chiens de toutes tailles.

« Tout justement, madame, voici M. Essler le fils. Si vous désirez lui parler, je l'appelle ! Oh ! il connaît bien mon mari. »

Mme Rugles ne crut pas la chose à propos ; elle n'avait vu que rarement jusqu'à ce jour le fils de ses amis, et peut-être fut-elle intimidée par son air dédaigneux et ennuyé. Elle n'en pensa pas moins : « Si ce jeune homme était gentil, il pourrait faire monter Jean à cheval, puisque c'est toute l'ambition de mon grand ? »

« Quel est le meilleur médecin du pays ? » demanda-t-elle.

La patronne de l'hôtel hésita, sans doute craignant de se compromettre :

« M. Sarrazin est le plus ancien et le plus considéré. Il est riche. Il ne se dérange pas pour tout le monde. Il y a des personnes qui lui préfèrent un nouveau, M. Roger Bar, un jeune homme. On le rencontre toujours sur les routes en bicyclette. Il ne se ménage pas, lui.

— Et pour louer des villas, où s'adresse-t-on ?

— Sur le port, à l'Agence Carnibal. Madame va passer l'hiver ici ? Rapport à la jolie demoiselle sans doute ? »

Mme Rugles coupa court et s'éloigna, se dirigeant vers l'église. « C'est un peu fort, — se dit-elle, — cette brave femme n'a encore vu que moi, elle ne connaît pas mes enfants, et déjà elle sait que Minnie est souffrante. Ça se voit donc bien ! » Elle n'avait formé aucun projet de pénétrer dans l'église, et pourtant elle y entra. Les pierres neuves exhalaient une fraîcheur crue, les bancs de chêne luisaient comme des miroirs, les vitraux ressemblaient à d'éclatantes images d'Epinal, l'autel or et blanc étincelait dans une gloire pâle, un jour bleuté baignait les confessionnaux et les chapelles latérales ; et tout cela était froid, vaste, vide, dépaysait l'esprit et glaçait la prière. Mme Rugles chercha en vain cette atmosphère ouatée, épaissie d'encens et de fluide, dont la plénitude mystérieuse vous enveloppe et met l'âme en communion avec d'autres âmes. Elle n'en pria pas moins avec une ferveur sage, qui était moins un élan irréfléchi, qu'une élévation recueillie de sa pensée. Sans demander un miracle, elle souhaita, d'un cœur profond, le rétablissement de Minnie. Et si elle ne sentit pas ensuite autant de confiance et d'espoir qu'elle l'eût désiré, son angoisse maternelle fut, toutefois, un peu apaisée.

Quand elle sortit, cinq voitures de place, là où il n'y en avait aucune quelques instants auparavant, stationnaient, évidemment pour elle. Trois cochers levèrent leur chapeau, les autres sourirent, le geste invitant, la main à la portière. Elle prit au hasard la première victoria, demanda le prix, le trouva cher, flaira une escroquerie, mais, n'osant se défendre, prononça l'adresse des Essler. Le cocher salua ce nom bien connu, en touchant son feutre, fit claquer son fouet et les deux maigres rosses partirent, d'un trot boiteux et ardent. On longeait le bord de la mer ; un promenoir à balustrade s'évasait en rotonde autour d'un kiosque pour la musique. Trois grands hôtels blancs, à enseignes majuscules d'or, ouvraient, çà et là, une rare fenêtre de chambre habitée ; toutes les autres, sous la taie de rideaux de mousseline, restaient aveugles. On rencontrait de loin en loin un passant, quelque dame qui, en dessous, observait la nouvelle figure, sans en avoir l'air. Un grand établissement solitaire, neuf comme l'église et les hôtels, étonna Mme Rugles : c'était, derrière une grille et une allée d'aloès dentelés et de palmiers nains, une façade à colonnes et chapiteau grec, quelque chose de théâtral et de rococo que flanquaient, aux deux ailes du bâtiment, deux galeries vitrées, portant en lettres flambantes, l'une ce mot : *Cercle des Hiverneurs*, l'autre : *Inhalatorium ;* et d'autres majuscules encore s'étalaient sur la façade : *Hydrothérapie, Douches, Bains de vapeur.*

« Ça, madame, — crut devoir expliquer le cocher, — c'est à la fois le casino, le théâtre et l'établissement pour les malades ! »

LA VOITURE PRIT A GAUCHE, ENTRE DES VILLAS ENTOURÉES DE JARDINS.

« Mon Dieu ! comme tout a l'air vide — pensa-t-elle, — on dirait qu'il n'y a pas d'habitants ! » Cette impression s'accrut au contraste du décor, large et profond, la baie s'enfonçait dans les terres, et les montagnes reculées laissaient apercevoir du côté de la plus proche ville, Argis, dont le clocher pointait, toute une campagne mélancolique et finement rousse. Vers Cannes au contraire, la pleine mer s'étendait, semée de roches-îlots ; sous le ciel clair, elle miroitait toute bleue, papelonnée à l'infini, roulant au bord quelques vagues grises et lourdes de varech. Sans être très chaud, le soleil était doux et bon. La voiture prit à gauche, entre des villas entourées de jardins.

« Ah ! — se dit Mme Rugles, — voilà donc où sont les villas ! » Elle les inspectait curieusement au passage, regardant aux volets ouverts ou fermés, inquiète des prix, attendrie par les roses qui fleurissaient toutes les grilles et tous les massifs, montaient aux murs.

« Comme Minnie sera bien là, elle qui aime tant les fleurs ! Il y a beaucoup de pins, on dit leur odeur si salutaire ! Tiens, c'est ici que demeure le docteur ! »

Une plaque de cuivre, si luisante qu'on l'eût crue d'or elle aussi, encastrée au mur d'une très grande belle villa, portait cette inscription :

Docteur SARRAZIN
de 1 h. à 3 h. — English Spoken

Mme Rugles eut presque envie de s'arrêter, et de faire prier le docteur de passer à l'hôtel, mais elle s'abstint, retenue elle n'eût su dire par quoi, peut-être par l'insolent froncement de sourcils dont le cocher de la villa, en train de frotter des harnais, venait de toiser son maigre équipage. Elle pensa qu'en tout cas, habitant là, on aurait le docteur sous la main.

Mais un spectacle la fit sourire. Elle apercevait de loin, grâce à ses bons yeux, une minuscule charrette à laquelle un âne, gros comme une chèvre, était attelé. Une dame venait de s'installer sur le siège, une bande bruyante d'enfants l'entourait, trois jeunes filles et deux garçons, tous joyeux, avec des visages vifs et roses, les filles blondes dans le soleil, d'un blond de flamme ; les garçons bruns et crépus : leur grâce libre et leur mise disaient l'aisance et la vie de famille heureuse ; ils riaient parce que le petit âne, obstiné et paresseux, refusait de démarrer. La mère, sur son siège, riait aussi, et on ne s'arrêta pas pour si peu en voyant s'approcher la voiture et cette dame inconnue dedans ; les jolis yeux et les jolis rires, au contraire, semblèrent prendre Mme Rugles à témoin de l'entêtement de Cadet, car le minuscule âne s'appelait ainsi, et toute la famille criait :

« Allons, Cadet ! » tandis que les garçons, suspendus à sa bouche, essayaient, mais inutilement, de le faire avancer d'un seul pas. La voiture avait ralenti pour ne pas écraser tout ce monde. Les deux femmes se regardèrent au passage, et en ce court instant, non tout de suite, mais dans un éclair tardif qui avait laissé le temps à la réflexion de naître, une reconnaissance mi-formulée passa sur leurs traits, tandis qu'un mouvement spontané les jetait l'une vers l'autre, toutes surprises et craignant de s'être trompées. Le cocher fouetta ses chevaux, et Mme Rugles, déjà loin, se disait :

« Mais je connais ces yeux, je connais la couleur et l'expression de ces yeux, je la connais même très bien, mais qui ça peut-il être ? »

La preuve qu'elle ne se trompait pas, c'est que cette dame l'avait aussi dévisagée comme si elle allait lui parler, peut-être l'avait-elle reconnue tout de suite. Moins heureuse, Mme Rugles cherchait, et la certitude sur laquelle elle ne pouvait mettre un nom la tenaillait, aiguë et douloureuse, comme dans les rêves où une impossibilité vous paralyse, tout près qu'on est d'atteindre le but. Elle fouillait le passé, évoquait des amitiés récentes, des relations mondaines, jusqu'à des silhouettes d'indifférentes, et aucune ne répondait à ce visage et surtout à ce regard. Car comment pouvait-elle expliquer que ce regard lui fût connu, cher et familier même en sa douceur bleu-pensée, et que le visage la laissât indécise, égarât ses inductions au lieu de les préciser ?

« Comment s'appelle cette dame ? » Le cocher dit :

« Mme Ferrier, son mari est un colonel d'artillerie en retraite. Ils habitent Saint-Frégose depuis cinq ans. »

— Allons, Cadet !...

La perplexité de Mme Rugles s'accrut : Ferrier, ce nom ne lui rappelait rien. Et tout à coup un cri lui échappa : « Noémie ! » si fort que le cocher se retourna. Noémie Crozette, une amie de couvent, perdue de vue depuis vingt ans, jamais oubliée, toujours regrettée, avec l'espoir de la rencontrer à un tournant de la vie, quelque jour. Comment ne l'avait-elle pas reconnue tout de suite, grâce à ses yeux bleus bienveillants et doux, si particuliers ? Sans doute parce que son visage engraissé, pâli, ne s'adaptait plus au fin visage maigre de jeune fille dont elle avait gardé le souvenir. C'était elle et ce n'était plus elle ; tassée en une robe gros-bleu, la taille arrondie, elle paraissait plus courte, elle, svelte et grande autrefois ; mystérieuse transformation des êtres qu'on a aimés, qu'on se représente toujours tels qu'ils étaient lorsqu'on a cessé de les voir, sensation troublante et mélancolique du temps qui fuit et de la vieillesse qui s'approche !

« Bonne Noémie ! » soupirait-elle, avec une envie folle d'ordonner au cocher de tourner bride et en même temps un plaisir à retarder la certitude de l'instant heureux pendant lequel elle embrasserait son amie. Des souvenirs l'assaillaient en foule, visions de jeunesse, intérieur du grand couvent d'Aix entouré de jardins paisibles, et d'autres figures de jeunes filles, mais aucune aussi chère à son cœur. Comment avait-elle pu rester tant d'années sans nouvelles d'elle, comment avait-elle pu se faire à cette douloureuse et résignée accoutumance, qui ne nous montre plus les absents que perdus dans des limbes, vivants, on l'espère, heureux peut-être, malades ou morts, qui sait ? Ah ! combien l'existence de chaque jour tourne en meule, use le cœur, pulvérise les vieilles tendresses ; et qui sait, après l'élan ému qui unirait leurs mains et leurs lèvres si, passé si longtemps, différentes dans leur manière de vivre et leur façon de sentir, elles trouveraient quelque chose à se dire, pourraient encore fraterniser, n'éprouveraient pas l'affreuse stérilité de cœur des anciens amis qui se tutoient dans le vide et n'échangent que des riens ?

« Bonne Noémie ! Oui, je crois bien que c'est elle qui m'a écrit la dernière. Elle allait rejoindre son père en Amérique, et depuis, l'éloignement, mon mariage, l'égoïsme, ah ! certainement, l'égoïsme d'une jeune femme qui aime son mari, puis les enfants, les soucis, tout... ! N'importe, j'ai eu tort. Quand on avance en âge, on reconnaît bien l'instabilité des meilleures amitiés, notre changement de fortune en a mis plus d'une à l'épreuve ! » Elle soupira, et toute sa pensée remonta à la pure, à la belle illusion des affections de jeunesse, alors que vierges et charmantes, appuyées l'une sur l'autre, le bras à la taille comme deux sœurs, Noémie et elle regardaient la vie avec de beaux yeux confiants et des sourires de dominatrices ingénues. Oh ! les rêves d'alors, l'espoir, la liberté, la puissance ailée, l'intime séduction de leur grâce par laquelle elles opéraient des miracles, comme c'était loin, tout cela !...

« Voyez, madame, on aperçoit d'ici les villas de Valençor, cette « bêelle » qui a des piques en or, c'est la propriété de M. Essler ! »

Pourquoi ce rappel à la réalité et aux Essler fut-il pénible à Mme Rugles ? Elle ne les connaissait que depuis trois ans, au temps où M. Essler, fournisseur de chaussures pour la troupe, dirigeait une manufacture monstre, à Courbevoie. Depuis, il avait vendu sa fille et son industrie à un gendre, s'était retiré et passait les hivers dans le Midi. M. Rugles avait eu d'excellents rapports avec lui, et les familles s'étaient liées. Depuis sa mort, les relations entre les siens et les Essler avaient continué polies, séparées d'ailleurs par la distance. Sans se l'avouer, Mme Rugles comptait renouer sur l'ancien pied d'intimité avec eux, en attendait naïvement de bons offices, et cela sans croire manquer en rien de dignité ; ils étaient si riches, mais elle et son mari ne l'avaient-ils pas été aussi ? Dans l'aisance relative et sans privations immédiates qu'elle conservait, il lui arrivait de considérer parfois sa fortune passée comme encore présente, et rehaussant elle et les siens de la considération d'un prestige encore récent.

La voiture s'arrêta devant la grille, rigoureusement fermée, hérissant ses piques dont la herse se prolongeait sur les murs cimentés de tessons de verre. Dès que le cocher eut sonné, des abois furieux retentirent où se mêlaient, en un concert horriblement faux, la voix stridente des danois et le glapissement des roquets, tandis que des bull-dogs mafflus accouraient, grondants.

Une voix de maître domina ce hourvari, et un gros monsieur, tout rouge et tout blanc, gourmandant les chiens qui ne jappèrent plus qu'en sourdine, se montra, coiffé de drap, en veston du matin, le sécateur aux doigts. M. Essler ne reconnut pas tout de suite Mme Rugles et s'excusa sur sa mauvaise vue. Son regard pourtant laissait percer une acuité singulière, il était tenace et réfléchi comme celui des très vieux chats, avec une dureté froide dans l'eau verte à fond de vase de ces yeux trop ronds et trop ouverts.

« Léontine est là. — dit-il. — elle sera charmée de vous voir. »

« Pourquoi s'imagina-t-elle qu'une déviation insaisissable du ton trahissait le peu de franchise de la pensée ! — Il la guidait par des allées soigneusement ratissées, le long de plates-bandes nettes comme un parquet ; on eût lavé les plantes qu'elles n'eussent pas relui davantage. D'énormes aloès la frappèrent d'admiration, de vague crainte aussi, redoutables qu'ils semblaient, rigides et tors, épanouissant en tous sens leurs nœuds de serpents fibreux, tout barbelés d'épines.

« Joseph ? » cria brusquement M. Essler.

Un jardinier sortit précipitamment d'un massif. M. Essler lui montra du doigt, sans rien dire, un imperceptible morceau de verre cassé, qui faisait tache brillante dans l'allée. L'homme bégaya, se prosternant presque dans son empressement à faire disparaître le débris insolite ; le silence du maître avait mis quelque chose d'écrasant dans le reproche.

« Léontine, — dit M. Essler, qui parut seulement se souvenir de Mme Rugles, — Léontine vous aurait répondu, mais elle n'a trouvé votre lettre qu'hier, en revenant d'un petit voyage à Bordighière, où elle accompagnait nos cousins, les Flassmans. »

Il prononça ce nom des célèbres banquiers en souriant, et ce sourire, on le sentait, ne s'adressait qu'aux Flassmans, c'était le salut franc-maçonnique et déférent rendu par la richesse aux Millions.

Il introduisit Mme Rugles dans le salon, où Mme Essler parut, presque aussitôt, en robe de chambre négligée, de vieilles pantoufles aux pieds, que certainement son amie n'aurait pas mises, toute livrée à l'abandon qui gagne tant de femmes riches, en province, lorsqu'elles n'ont aucun motif de faire des frais de coquetterie. Elle embrassa Mme Rugles.

« Vous voyez, chère amie, « pour vous, » je ne fais pas de façon, je vous reçois en peignoir de toilette. »

C'était aimable, presque trop, avec une inflexion de sans-gêne et de protection.

« Vous voilà donc à Saint-Frégose, est-ce que vous comptez y passer l'hiver ? J'espère que la santé de votre fille ne vous inquiète pas sérieusement ? Le docteur Sarrazin est excellent pour ces cas-là. Vous l'avez consulté déjà ? Qu'a-t-il dit ? »

Mme Rugles, étonnée, lui conta leur arrivée dans la nuit, leur descente à l'hôtel de Savoie. L'autre l'interrompit, scandalisée :

« Mais, ma chère, qui a pu vous conseiller ? C'est une auberge, il n'y manque que des commis-voyageurs. On va au *Grand Hôtel d'Angleterre* ou au *Palace Hôtel !* Vous n'allez pas rester là, je suppose ? C'est impossible dans votre situation.

— Mais j'attendais votre réponse, les renseignements que je vous demandais justement dans ma lettre !

— Ah ! ma bonne amie, votre lettre !... »

M. Essler intervint, répéta la version qu'il avait déjà donnée, et sa femme, avec vivacité, s'écria :

« Oui, oui, seulement au retour de Bordighière... les Flassmans. »

Et elle aussi sourit, comme il avait fait au souvenir des banquiers...

Mme Rugles eut le soupçon qu'ils ne l'avaient engagée qu'en l'air à venir hiverner à Saint-Frégose, et que peut-être, la voyant se décider, leur peu d'empressement à lui répondre témoignait un regret, quelque crainte d'envahissement ou de services à rendre. En ce cas, elle était trop fière pour venir les déranger souvent. Mais cette nuance qu'elle sentait, de familiarité moins étroite, de supériorité accentuée dans le ton de Mme Essler, viendrait-elle de la différence, maintenant très disproportionnée, de leurs fortunes? Le doute ne fut pas long; Léontine qui, grasse, les mains et les pieds courts, avait une face molle et blanche dont l'expression de douceur aigre faisait penser au lait tourné, lui dit plus bas, confidentiellement :

« Eh bien! ma pauvre amie, comment vous en êtes-vous tirée? Vous avez dû avoir des ennuis terribles? »

Une porte se referma doucement sur M. Essler, qui s'éclipsait. Mme Rugles se raidit et, avec un effort pour se hausser au calme et à la dignité, rassura, non sans quelque ironie, son amie.

« Ah! tant mieux, — dit celle-ci, — je croyais que vous aviez été presque complètement ruinée, on me l'avait dit, les Flassmans... Oh! tant mieux! »

Et des protestations, des réticences et des insinuations qui amenèrent des explications détaillées sur la position réelle de sa « pauvre amie ». Au fur et à mesure, comme si elle eût espéré pis, Mme Essler montrait un visage dont le lait tournait de plus en plus, prenait une laideur particulière d'âme remuée. En la regardant, alarmée d'un malaise qu'elle s'expliquait mal, mais ressentait péniblement, tout à coup, Mme Rugles eut un jaillissement de lumière. Elle comprit soudain — et si tard! — que Léontine, au temps de leur mutuelle fortune, n'avait jamais cessé de l'envier d'une de ces inexplicables jalousies de femme qui vous en veulent pour votre bonheur, vos qualités, votre air de prodigalité heureuse. Elle comprit, et cet éclair d'intuition lui dévoila tout un fond de vilenie, que, sous les dehors de leur prétendue amitié, Léontine l'avait toujours dénigrée sourdement, et que certainement elle avait appris sans chagrin la mort de Rugles et l'embarras dans lequel il laissait ses affaires. Ce fut pour elle une souffrance mortifiante, car elle avait cru à la sympathie des Essler; mais si son amour-propre et sa bonté naturelle en souffrirent, cette brûlure de fer rouge, du moins, lui cautérisa le cœur. Elle se sentit au-dessus de sa rivale, regretta seulement d'avoir cru en elle, et ne l'envia pas le moins du monde, oh! certes! de la voir triompher à son tour par la suprématie bête, vaniteuse et tyrannique de l'argent. Maintenant cette maison et ce jardin l'oppressaient, tant elle y manquait d'air. Dès qu'elle put, elle se leva. On entendait les aboiements joyeux, et quand elles parurent sur le perron, le fils Essler, revenu de sa promenade, descendait de cheval, au milieu de sa meute.

« François, madame Rugles. »

Il s'inclina, avec une froideur britannique. De près, on lui voyait un teint jaune et fripé, sabré de rides fines, le masque d'un ancien viveur qui meurt d'ennui à la campagne et que le vert ne refait pas.

M. Essler s'avançait, tenant un bouquet de roses-thé, qu'il venait de cueillir « lui-même » et qu'il offrit à Mme Rugles. Elle consultait « Léontine » sur le choix d'une villa et s'interrompit pour le remercier.

« Mais, — proposa-t-il vivement, — nous en avons une à louer, de villa, très grande, écurie, remise, salles de billard et de bains. Et parfaitement abritée, à trois kilomètres et demi de la ville. Quatre mille pour la saison, prix d'ami!

— Oh! — objecta-t-elle embarrassée, — la distance... »

Il répliqua victorieusement :

« Peuh! avec une voiture!

— Mais, mon ami, *ils* n'ont pas de voiture, et d'ailleurs c'est trop grand, beaucoup trop grand, — dit Mme Essler du ton dont elle aurait dit — beaucoup trop cher! »

Les adieux, qu'accompagnait la basse grondante des chiens, furent contraints; et quand la grille aux piques pointues se referma sur elle et qu'elle eut souri une dernière fois aux Essler, enfermés derrière et comme prisonniers de leur richesse méfiante et défensive, Mme Rugles éprouva un véritable soulagement de se sentir emportée au grand trot, dans la fraîcheur d'un ravin foisonnant de cistes, de lentisques et de romarins. Elle s'aperçut alors que la galanterie de M. Essler lui avait peu coûté, car tous les boutons de roses qui composaient le bouquet étaient piqués, jaunis et flétris. Chose étrange, cela surtout, cela la révolta, en une pudeur intimement féminine ; il lui en vint des larmes aux yeux. Ah ! les amis !... Et dans une injuste défiance et une ombrageuse rancœur, elle souhaita que, contre toute évidence, ce ne fût pas Noémie Crozette qu'elle avait devinée tout à l'heure, entourée de ces beaux enfants, dans la voiture au petit âne. La reconnaîtrait-elle seulement, Noémie ? Si elle allait lui faire l'accueil correct et humiliant des Essler ? Deux déceptions pareilles en une matinée, ce serait trop !

Rien que d'y penser, elle allait demander au cocher s'il n'y avait pas un autre chemin, s'il fallait nécessairement passer devant la maison des Ferrier.

Mais déjà, au tournant de la route, elle apercevait, comme tout à l'heure, avec Cadet en moins, les enfants dans la rue. Etaient-ils donc postés, la guettaient-ils ? Elle les vit s'agiter, rentrer, appeler quelqu'un, ressortir et la regarder, curieux et souriants. Mme Ferrier sortit vivement à son tour, et tous lui barraient le passage, les yeux en fête de l'attente de quelque chose de nouveau, de prévu, d'espéré ! Le cœur de Mme Rugles s'émut délicieusement, défaillit.

« Arrêtez ! »

Déjà elle s'élançait, son amie lui tendait les mains pour descendre :

« Henriette ! Quelle bonne surprise ! »

Et Mme Rugles l'embrassa sur ses bonnes joues franches, à bouche et à cœur perdus, en balbutiant :

« Ah ! Noémie, ma chère amie. »

Deux petites mains s'appliquèrent soudain sur ses yeux.

III

Depuis cinq semaines, Minnie ne toussait plus, subissait le réchauffant bienfait d'un hiver de soleil, en ce clair pays qui paraissait délicieux à côté du plateau de Mortefontaine grillé par les premières gelées, jonché de feuilles sèches sur les routes, ou à côté des rues boueuses, des brouillards glacés de Paris. Tout d'abord, ce brusque changement d'atmosphère l'avait étourdie, grisée, et l'on avait pu craindre que la déprimante langueur qui l'abattait ne devînt une espèce de sommeil éveillé et morbide, une torpeur aux yeux ouverts qui la prostrait, sans force, presque sans souffle, dans la grande chaise longue cannée qu'on plaçait pour elle dans un tamisement d'ombre et de soleil, devant le perron de la villa, à l'abri d'un massif de mimosas.

Peu à peu cependant, une faible vigueur lui revenait ; si elle persévérait dans ses répugnances pour le rosbif ou le gigot rouges, elle ne repoussait plus, du moins, les consommés au jus de viande que sa mère lui présentait. Symptôme meilleur, elle revenait de l'instinctive prévention que leur maussade arrivée lui avait inspirée sur Saint-Frégose ; elle n'était pas encore faite au dépaysement de ce logis nouveau, à l'impression hostile des murs et des meubles étrangers, dépersonnalisés par leur location à tout venant, mais elle en souffrait moins, s'y résignait avec une demi-indifférence où entrait, il est vrai, un grand détachement de choses : car Minnie, comme tous les êtres jeunes que quelque maladie paralyse, se croyait plus malade qu'elle ne l'était et tournait au noir ses pensées.

Mais la résistance tenace, la sève vive couvaient sous ce découragement d'âme et de corps, et c'en était un signe satisfaisant pour Mme Rugles qui, derrière les persiennes closes du salon, l'épiait, que de la voir respirer de temps à autre un bouquet d'œillets que leurs voisins, les Ferrier, venaient de lui envoyer, et renversant sa tête frêle, sourire à la pureté du ciel bleu et tendre, tourner ses yeux pour suivre un vol d'oiseau, ou les ramener vers un petit chat noir donné par Mme Loustigarel et dont elle suivait, avec un intérêt amusé, les cabrioles, les torsions d'échine, les rampements, partant soudain en détente d'arc et en jet de flèche. Elle l'avait appelé Pierrot et c'est de bon cœur qu'elle riait, en ce moment, soulevée sur un coude, et admirant cette folle petite vie de clown nègre dont les jeux désordonnés aboutissaient ensuite à de si paresseux sommeils, sur ses genoux.

Mme Rugles soupira et quitta son poste d'observation pour donner des ordres aux bonnes ; et Minnie, fatiguée de regarder le chat, car tout la fatiguait bien vite, prit un livre qui reposait auprès d'elle sur une chaise et essaya de lire. Mais bientôt ses mains s'abaissèrent sous ce poids trop lourd, et la rêverie l'envahit, fluide et berceuse, en songe. Elle flotta dans la semi-conscience d'elle-même et du décor qui l'entourait ; elle apercevait la lente descente du jardin jusqu'à la voie du chemin de fer et, par delà, un moutonnement de verdures sombres que sa mélancolie comparait à des verdures de cimetière, et qui allaient mourir sur la route du bord de mer, où le plein large étalait son azur laiteux et nacré, aussi lisse qu'un miroir et ondulé de moires elliptiques.

A travers ce panorama de clarté que ses yeux embrassaient, elle se contemplait aussi elle-même, comme dans la transparence d'une glace sans tain, et se voir et se sentir vivre et penser lui était une douce et singulière angoisse, tantôt confuse et tantôt aiguë, parfois rétrécie au fil mince d'une idée fixe, plus souvent fondue et noyée dans l'immensité des choses dont elle faisait partie.

Songeait-elle à cet amour dont elle expiait si injustement l'espoir inavoué, la courte idylle achevée en drame bourgeois? A quoi eût-elle pu rêver sinon à cela, ou aux tristes et ruminantes pensées de la maladie? Mais elle pensait à cet amour, et à Guy Davenne, comme à quelque chose et à quelqu'un de très lointain, de disparu. Oh! ce n'avait pas été sans révolte, soubresauts d'agonie, lutte désespérée d'un cœur aimant pour la première fois, qui se cramponne au possible, à l'improbable, à l'absurde même.

Mais quoi, ayant dû lâcher prise, et ce qui lui avait paru autrement douloureux, voir lâcher prise à l'homme qui aurait dû la défendre, la conquérir et l'emporter de vive force, elle était tombée de si haut qu'elle ne ressentait plus que l'étrange étonnement d'exister encore, qu'on a dans le brisement de tous les membres qui suit une chute en rêve au fond d'un abîme. Des pas, derrière elle, firent crier le gravier du jardin, elle ne se retourna pas, trop faible, et enlisée dans son anéantissement ; deux petites mains s'appliquèrent soudain sur ses yeux et la plongèrent dans une obscurité rose et non sans charme ; ces mains d'enfant étaient fraîches et douces. L'on se taisait pour n'être pas trahi par la voix.

« C'est Lucien! » dit Minnie.

Un petit rire tinta ; c'était Colette, l'aînée des jeunes Ferrier, et non Lucien ; elle l'avait nommé parce qu'elle le préférait à son frère Jacques. Mais elle aimait déjà beaucoup Colette, et lui rendit son baiser.

« Vous dormiez peut-être, — dit la

jeune fille, dont les jolis quinze ans avaient la grâce mignonne et primesautière d'un être resté très enfant encore — et je vous ai réveillée? »

Minnie regarda ce menu visage, ces yeux frais, ces blonds cheveux nattés, la robe qui n'allait pas jusqu'à terre et s'arrêtait aux bottines, elle envia cette fleur de printemps et cette gaîté innocente qui ignorait la vie :

« Vous ne m'avez pas réveillée, » dit-elle.

Colette s'écria :

« Oh! quel joli bracelet vous avez! Pour mes dix-huit ans, papa m'a promis un bracelet d'or, je voudrais qu'il ressemblât au vôtre. Je le trouve de très bon goût.

— C'est mon père aussi qui me l'a donné, — dit Minnie, — pour ma fête, l'année de sa maladie... »

Le grand frère Raymond.

Elle n'ajouta point — et de sa mort, mais Colette le comprit et regretta de lui avoir rappelé étourdiment ce souvenir. Aussi changea-t-elle de conversation et annonça :

« Je venais vous dire que Lucien va venir vous prendre avec Cadet, et comme Jacques a été puni, parce qu'il n'a pas su ses leçons, je vous accompagnerai à sa place à l'*Inhalator*... je ne peux pas prononcer ce mot... à l'Etablissement d'ozone.

— Mais Lucien viendra déjeuner tout de même?

— Déjeuner, oui. Papa ne voulait pas, mais votre frère a intercédé et maman aussi. Il est très gentil, votre frère, et il ressemble à mon grand frère Raymond. Personne à la maison n'est de mon avis, mais quand vous connaîtrez Raymond, vous me direz si vous ne trouvez pas que j'ai raison. Si je dis qu'il lui ressemble, je veux dire surtout qu'il le rappelle, car ils n'ont pas les mêmes traits ni la même couleur de cheveux. J'espère que Raymond vous plaira, parce que je l'aime beaucoup, il est si savant, si bon, et, quoique sérieux, avec lui on a le cœur tout de suite à l'aise, on se sent léger et content de vivre. Il y a des gens au contraire qui, à première vue, vous sont antipathiques. Le docteur Sarrazin, tenez, est de ceux-là, je ne saurais dire pourquoi, mais je n'aimerais pas qu'il m'ausculte pour rien au monde.

M. Bar, c'est autre chose. Et encore! Est-ce que ça ne vous est pas très désagréable, à vous, d'être auscultée? »

Mais elle réfléchit qu'elle rappelait ainsi à Minnie son état de santé, ce qui ne pouvait lui plaire, et le regret qu'elle eut de paraître indiscrète coupa court son babil. Pourtant elle reprit, après un silence :

« Mais vous allez bien, n'est-ce pas? Vous avez si bonne mine ce matin. Tenez, il faut que vous me permettiez encore de vous embrasser! — Deux francs baisers claquèrent. — Comme je suis contente que nos mamans se soient retrouvées! Non, vous n'avez pas idée de la joie de la mienne, elle en était toute saisie, et je crois bien qu'elle a pleuré dans sa chambre après avoir revu votre mère. Papa aussi est très content, et vous lui plaisez tous beaucoup.

— Mais, — dit Minnie, — vos parents sont si bons! Sans eux, je crois que nous serions tous morts d'ennui à Saint-Frégose. C'est votre mère qui nous a décidés à choisir notre villa, une des plus jolies du pays, et tout près de la vôtre. C'est à votre père que nous devons de la payer beaucoup moins cher que l'Agence Carnibal en voulait tout d'abord. Vous nous avez recommandés à votre médecin, M. Bar. Maman aurait été bien embarrassée aussi pour trouver des bonnes et n'être pas exploitée par les fournisseurs, cent petites choses qui n'ont l'air de rien et qui sont très importantes dans un ménage. Enfin votre père qui a la bonté de faire travailler Jean et veut bien tous les matins lui faire repasser son cours de mathématiques! Grâce à vous, nous connaissons des gens charmants, les misses Hawkins, Mme d'Anfresse, les Silleroy, toute la fleur de Saint-Frégose! — Elle rit gaîment en disant cela. — Aussi maman est-elle reconnaissante, elle se trouve très heureuse, je vous assure... Et moi aussi! — ajouta-t-elle en prenant les mains de Colette, qui l'embrassa de nouveau, en disant :

— Oui, tout va très bien comme cela, et vous verrez les belles promenades que nous ferons au printemps. Vous savez que les Hawkins vont installer dans leur parc un tennis? C'est très amusant, vous y jouerez. »

Elle changea de ton et dit :

« Il ne manque que Raymond, je voudrais bien qu'il soit là. »

Ce grand frère qui, comme elles trois Colette, Jeanne et Andrée, appartenait au premier lit, tandis que Lucien et Jacques étaient les enfants du second mariage de Mme Jermyn, née Crozette, avec M. Ferrier, voyageait alors sur son petit yacht l'*Aventure* le long de la côte italienne, entre Gênes et Menton. M. Germyn, américain millionnaire, avait laissé à ses enfants un riche héritage et à sa veuve un douaire qui leur eussent permis de s'entourer de tout l'éclat du luxe, mais Mme Ferrier, par délicatesse vis-à-vis de son mari et de ses enfants du second lit, moins privilégiés, en dépit de la belle fortune personnelle du colonel, avait le bon sens de vivre avec une extrême simplicité, dont l'économie se rachetait par une extrême libéralité envers les pauvres, une coopération active aux œuvres de bienfaisance. L'hospice des vieillards de Saint-Frégose, notamment, était son ouvrage, elle l'avait fait construire et y avait installé des sœurs Augustines, de la maison-mère de Clermont. Mais jamais elle ne parlait de ces choses, ayant la pudeur du bien autant que la modestie de la richesse.

« Ah! voilà Lucien et Cadet, — dit Colette, qui offrit son front en disant gaîment : — Bonjour, madame! — à Mme Rugles en train d'apporter le chapeau et le mantelet de sa fille.

— Bonjour, ma chère enfant, vous aurez bien soin de Minnie, je vous la confie, et à vous, monsieur Lucien, et à Cadet aussi ; Baptistine! » cria-t-elle.

La petite bonne provençale avait deviné cet appel, et déjà elle se précipitait tendant au bout de ses doigts deux gros morceaux de sucre, dont le jeune Lucien, qui avait l'air d'un intelligent petit grillon brun, s'empara pour l'offrir sur le plat de sa main, avec importance, à Cadet. L'ânon croqua les deux morceaux avec un mouvement de babines qui en redemandait encore et un va-et-vient de ses longues oreilles tout à fait réjouissant. Puis, Minnie se hissa sur le siège et prit les rênes, amusée de conduire, redevenue enfant, à ce jeu.

Cadet allait vite, mais pas plus vite que

Colette qui marchait d'un pas libre et vif, avec quelque chose de fier et d'heureux sur sa blanche petite figure. Lucien courait presque. Tout du long, jusqu'à la route du bord de mer, c'était un défilé de jardins et de pépinières, où les roses blanches, roses, pourpres, jaunes, fleurissaient en pans de murs, en enchevêtrements aux grilles, en champs entiers dressant leur moisson odorante. Parfois Lucien arrachait au passage une de ces roses, et les deux jeunes filles le grondaient ; c'était pour l'offrir à Minnie, Colette alors se taisait. Mais Minnie affirmait, sérieuse :

« La prochaine fois, je la refuserai. »

Elle la prenait pourtant, accueillante à la tendresse de cet enfant, reconnaissante de ce qu'il l'aimait et le lui prouvait, à sa façon. Ne goûtait-elle pas d'ailleurs, à se parer de cette fleur dérobée, le petit plaisir de la chose défendue?

On longeait le promenoir à balustres, le kiosque de la musique, la mer d'un bleu crémeux, où une grande flamme de soleil dansait. Devant les grands hôtels de plâtre aveuglant, des omnibus dont le vernis neuf brillait d'un éclat liquide, stationnaient ou repartaient grand train, toujours vides, promenant l'espoir éternellement trompé du cocher en belle livrée, dont le fouet claquait en pétards, dans le vide. Tout illuminé, ses vitres de serre en feu, l'*Inhalatorium* flanquant le palais de carton du Casino, se détachait dans le ciel pur. Cadet, qui au bout de trois jours s'arrêtait tout seul devant la porte, raidit en arrière ses jambes et se pétrifia.

On longeait le promenoir a balustres.

Minnie descendit.

Dans la galerie de verre tapissée de nattes, ornée de grandes poteries de Vallauris aux tons de turquoise, d'améthyste et de grenat, d'où jaillissaient des yuccas en faisceau d'épées, des éventails de palmier, des plantes pareilles à d'énormes chenilles velues, elle ressentait, dès l'entrée, ce vertige que vous souffle aux narines l'haleine d'un salon de paquebot. L'électricité, dégagée par de puissantes piles et saturant l'oxygène pur, exhalait cette odeur nauséeuse, qu'aiguisait une âcreté fine, comme celle du soufre d'allumettes qui fait tousser.

Minnie n'entrait jamais là sans appréhension, car elle avait cette pudeur des gens souffrants à qui le traitement en commun est pénible ; elle redoutait les regards que levaient sur elle trois ou quatre malades, de dessus la travée des bouches d'inhalation, leurs visages ne lui étant pas encore devenus familiers. Aussi les premières semaines, n'aurait-elle pas osé venir si Mme Rugles ne l'avait accompagnée et, assise près de la salle d'ozone, ne l'eût suivie du regard et, par des sourires et des clignements d'yeux, encouragée à respirer le gaz vivifiant. Ce matin pourtant elle ne souffrait pas trop de l'absence de sa mère, que retenaient à la maison les préparatifs d'un déjeuner rendu aux Ferrier ; elle entra même assez bravement dans la salle.

Vivement, le docteur Bar vint à sa rencontre, la saluant avec l'aisance familière que lui conférait son rôle, une aisance où elle avait reconnu, dès le premier jour, une déférence et une sympathie très marquées.

« Voulez-vous avoir l'obligeance de vous mettre là, mademoiselle? Daignez respirer lentement, longuement et posément... »

Cette phrase consacrée, il la répétait dix fois par séance. Seulement, quand il l'adressait aux autres, il ne faisait pas appel à leur obligeance, prenait un ton impersonnel, dont Minnie sentait que l'autorité, vis-à-vis d'elle, l'eût choquée. Elle remarquait bien aussi l'empressement avec lequel Eugène, le garçon, sa serviette sous le bras, lui apportait un petit banc ou un coussin pour le dos. Ces égards lui étaient sensibles, la flattaient, désarmaient un peu cette mauvaise humeur, presque hostile, qu'elle éprouvait à subir, sans pouvoir se révolter, la tyrannie bienfaisante du médecin et du traitement.

Elle s'assit sur la chaise que M. Bar lui présentait, devant le long revêtement de bois noir dont la forme bizarre dissimulait le jeu des tuyaux d'ozone. Elle s'accouda au bord de la vaste table noire, entre les petites cloisons qui parquaient chaque malade ; devant elle s'élevait un haut coffre droit, percé au centre d'un de ces trous à bordure de nickel par lesquels on regarde les vues d'un diorama. Le docteur venait d'y emboucher un pavillon de nickel dont l'évasement propageait sur une plus grande surface le mélange du gaz à sa sortie avec l'air. Minnie s'approchait de cette conque et respirait le mystérieux souffle qui en sortait à jet continu, tandis qu'un grand murmure semblable à celui de l'eau qui s'échappe des robinets d'une salle de bains grondait, coupé à temps égaux d'un déclanchement métallique.

« Respirez, doucement, profondément », disait le médecin.

Elle le sentait derrière son dos, observant la façon dont elle humait le gaz, rien que cette présence l'intimidait, la paralysait presque. Quand il passait derrière le siège d'une autre personne, elle en était soulagée. Ce n'est pas au reste que le jeune homme lui déplût. Elle en avait entendu faire par les Ferrier un tel éloge appréciant non seulement le mérite du praticien, mais la dignité et la bonté de l'homme, qu'elle se sentait portée d'intérêt vers lui ; ses manières correctes, son maintien réservé et aimable à la fois, la beauté recueillie et toute d'expression d'une figure mate, aux yeux noirs profonds, à la longue barbe fine, la blancheur de ses mains soignées, son vêtement noir irréprochable produisaient sur elle une impression favorable. Elle se rappelait sa première visite, lorsqu'on l'avait appelé à la villa des Cistes, avec quelle délicatesse de procédé il l'avait auscultée ; tout en lui, interrogations, regards, sourires, lui donnaient l'envie de croire à ce qu'il dirait, la portaient à cette confiance irraisonnée dont la suggestion sur les malades est la plus grande force et le plus efficace pouvoir des médecins. Elle n'avait pas, quand il raisonnait l'état de sa santé, la sensation du « mensonge professionnel » que lui inspiraient d'autres hommes, le vieux docteur Farus, par exemple. Il n'avait pas, du moins pour elle, cet air de fausse confiance, ce ton assuré, ce prompt griffonnage d'ordonnances, enfin la part de léger charlatanisme que le métier exigeait peut être, après tout. Trop affirmatif, trop rassurant, elle ne l'eût pas cru, se fût découragée d'avance de l'inutilité de remèdes proclamés cependant souverains.

La circonspection qu'il avait montrée, au contraire, aux premières visites, l'attente qu'il gardait avant de se prononcer à fond, lui semblait un gage de probe et discrète sincérité. Sachant bien qu'il ne dirait peut-être pas « toute la vérité », puisque ses confrères croient devoir la déguiser lorsqu'elle est cruelle, elle se persuadait qu'il ne mentirait pas comme les autres, et qu'à travers ce qu'il avouerait, ou son silence, elle saurait lire, ou déchiffrer la réalité.

S'avouer ainsi disposée en faveur de son médecin ôtait à Minnie un grand poids : elle avait craint, habituée qu'elle était à leur vieux docteur, la voix, le visage étrangers, le regard étranger surtout qui sonderait sa faiblesse et connaîtrait la tare de son être. Rien n'avait plus choqué d'avance sa pudeur, rien ne lui était plus agréable et d'un plus calmant réconfort que de se voir rassurée.

Il vint lui dire :

« Voulez-vous vous reposer, mademoiselle?

— Volontiers, je me sens étourdie. »

— Respirez, doucement, profondément, disait le médecin.

Il lui offrit le bras pour la conduire dans la serre ensoleillée, lui avança un fauteuil de paille, près d'une table d'osier sur laquelle, les mains à plat aux marges d'un album, Colette, en l'attendant, regardait des vues d'Italie.

« Je suis comme grisée, » répondit Minnie au sourire amical de la jeune fille.

« Tant mieux, — dit M. Bar, — c'est que l'ozone vous impressionne et agit efficacement; vous voudrez bien achever votre séance dans la seconde salle, où le courant est moins fort. Reposez-vous en attendant. »

Il alla interrompre les inhalations des autres malades, les fit se reposer aussi. Elle les vit se répandre dans la serre, trop peu nombreux pour la grandeur vide du hall, une jeune femme couleur de cire, une vieille qui secouait une toux rude et grossière, et qui marchait escortée d'une sœur Augustine, un jeune garçon voûté au masque éteint, à la face grenue comme une peau de lézard gris, un long monsieur maigre dont la petite tête jaune avait l'air d'un citron.

Phtisiques à différents degrés, mais très atteints, ils regardaient la mer ou les plantes vertes d'un air indifférent, quelque peu concentré, avec des yeux où l'idée fixe de leur mal se détachait du monde extérieur. Avec cela, ils ne voulaient pas avoir l'air malade; du moins le long monsieur qui sifflotait un petit air, entre deux coups rauques de toux. Minnie avait remarqué qu'ils ne se parlaient pas entre eux, ni ne se saluaient au départ ni à l'arrivée, semblant ne s'intéresser chacun qu'à soi et suivre un traitement solitaire.

Maintenant, elle comprenait, en les regardant, combien avait été imaginaire sa crainte de devenir jamais malade autant qu'eux, beaucoup moins qu'eux, même. Elle repoussait, au lieu d'en subir le vertige comme dans les premiers temps, l'obsession d'en venir à leur ressembler jamais. Il lui suffisait de se trouver en leur présence pour se sentir mieux portante, allégée, et avoir faim et soif de vivre. Elle se demandait seulement, malgré les explications rassurantes du docteur, pourquoi on lui faisait suivre le même traitement, pourquoi elle respirait le même agent de restauration vitale, cet ozone, dont elle savait pourtant, à force de l'entendre répéter, qu'il agissait comme modificateur du globule sanguin, comme tonique et auquel, en huit jours, elle devait cette reprise d'appétit, ce sommeil sans fièvre et sans cauchemar?

M. Bar se rapprocha; elle rencontra le regard pénétrant, volontaire et calme dont il l'enveloppait, et qui suffisait à la rassurer, mieux que des assurances ou des promesses.

« Voulez-vous passer dans la seconde salle? Dix minutes suffiront. »

Et dans sa voix une nuance indéfinissable donnait confiance. Elle sentait, par une invincible prescience, qu'il l'eût regardée autrement, qu'il lui eût parlé autrement, si elle était menacée comme les autres malades. Il n'aurait certainement pas cette douceur chaude dans les yeux, ce petit pli souriant au coin des lèvres, et toute sa personne de guérisseur n'exhalerait pas ce fluide magnétique d'espoir dont l'influence passait en elle.

Elle sourit, et du rose de santé, une flamme de résurrection, la première depuis des semaines, animèrent fugitivement ses traits. Incliné, il lui ouvrait la porte; elle murmura :

« Merci, docteur. » et vit que lui aussi souriait, amical, presque paternel.

IV

Mme Ferrier, un peu lasse, avec une expression de visage joliment dolente et satisfaite d'arriver, poussait la grille de son jardin, au retour d'une visite qu'elle avait été rendre à Mme Lartigues, la femme du maire, quand elle vit venir à elle son mari ; il l'attendait en se promenant dans une allée de rosiers du Bengale à demi effeuillés.

Elle lui sourit.

A peine grisonnant, ferme et agile, il gardait une robustesse militaire, très droit encore, la rosette rouge piquée à son veston de flanelle blanche. Il ferma en s'approchant un petit livre, un Tacite, qu'il lisait en latin, car son goût des sciences exactes se conciliait avec une tendresse de lettré pour l'antiquité romaine, et il occupait ses loisirs à la lecture, à l'éducation de ses enfants, à des expériences de chimie en un laboratoire qu'il avait, ce qui ne l'empêchait pas d'entretenir sa santé par de grandes marches, ou de courses soutenues en tricycle.

Ils se regardèrent bien en face, d'un loyal regard de vieux époux, à qui leur mariage sur le tard assurait un renouveau du cœur et cette seconde jeunesse faite des réserves de la première, et qui doit beaucoup aux soins que l'on prend de soi-même, à la correction d'égards mutuels et de prévenances sans excès d'abandon ni de familiarité, à la tenue gardée devant les enfants déjà grands.

« Comme vous êtes belle, madame! — fit-il en la saluant, moitié sérieux, moitié plaisant. — Cette robe vous sied à merveille!

— Ne vous moquez pas de moi, Henri. — et elle lui donna une tape affectueuse sur la main. — Vous savez que ces visites de convenance m'ennuient et que je ne les fais que lorsque je ne puis m'en dispenser.

— Je ne me permets pas de plaisanter, ma chère amie, quand je vous dis que votre robe vous va bien. Cet héliotrope délicat se marie d'une façon charmante avec votre visage.

— C'est la couleur des vieilles femmes, » répondit-elle avec un sourire de mélancolie gracieuse, et d'un geste amical elle lui enleva de dessus la manche une brindille de pin qui s'y était accrochée. Lui, la regardait avec des yeux tenaces et un bon sourire :

« Qu'est-ce que vous diriez si je vous annonçais une bonne nouvelle? »

Elle lut dans ses yeux et s'écria :

« Raymond a écrit? »

Et souriante :

« Voyez, Henri, si je ne devrais pas être jalouse, c'est à vous qu'il a écrit, et non à moi? Mais non, non, — s'empressa-t-elle d'ajouter en serrant le bras de son mari, — Raymond a raison de vous aimer comme si vous étiez son père. Ce n'est que justice envers vous, qui le traitez en fils! Il a écrit, il va bien, parle-t-il de revenir? »

C'était, dans son bonheur paisible, dans le port lisse et calme où son existence s'était arrêtée, sa seule préoccupation, son seul tourment, que ces absences continues de son fils aîné. Elle avait dû s'y résigner, la santé de Raymond étant à ce prix. D'une brillante intelligence, au sortir de l'Ecole polytechnique, ses examens passés avec succès, il était tombé victime de son surmenage, en proie à la fièvre typhoïde, et pour réparer l'épuisement nerveux dans lequel il était resté, les médecins avaient exigé toute cessation de travail, et qu'une vie purement animale et d'exercice physique succédât à cette excitation trop forte du cerveau. Depuis six ans, Raymond, forcé de renoncer à une carrière laborieuse, assez riche heureusement pour ne pas avoir besoin d'un état, avait fait de grands voyages, passant deux hivers au Caire, allant à Constantinople, à Tahiti, au Cap, au Japon. Les grandes traversées l'avaient rétabli et fortifié, les vastes et beaux paysages avaient, sans le fatiguer, frappé sa rétine de splendeurs mouvantes et son âme d'impressions profondes. Depuis deux ans, il avait réalisé son désir fixe de posséder un petit yacht, et, avec le concours de son beau-père, il avait acheté un fin voilier dont deux matelots très sûrs et un mousse composaient l'équipage; ce yacht, qui avait appartenu au célèbre peintre Maurepas, depuis la mort de celui-ci, restait au mouillage d'Antibes; les héritiers, las de ne pas trouver d'acquéreur, l'avaient cédé à très bon compte. Raymond, surmontant les répugnances maternelles, vivait sur ce yacht, heureux de croiser le long des côtes, de pêcher dans les petits golfes, de danser sur les lames courtes, de voir la mer changer de robe et refléter les éclats brisés du soleil ou les traînes pâles de la lune. A terre, il chassait, grimpait dans les montagnes, mais une nostalgie, toujours, le ramenait sur l'eau. Comme il avait bruni, que ses épaules larges, ses bras, où roulaient des muscles forts, attestaient la cure merveilleuse, le bienfait dû à cette existence de soleil, de vent et d'air salin, et qu'il était prudent, réfléchi, ne courant pas d'inutiles risques, les jours de bourrasque, sa mère avait pris son parti de ne le voir que par intermittences, de ne le suivre qu'à travers les courts bulletins de santé qu'il envoyait, aussi fréquemment que possible, aux escales. Plus d'une fois, confiant son bateau au vieux Pilou, son second, il lui était arrivé de prendre le train, d'arriver à l'improviste. Rien que cette possibilité de le voir surgir tout à coup tenait Mme Ferrier en éveil, l'empêchait de trop s'inquiéter. Elle n'en rêvait pas moins un bon et heureux mariage qui enchaînerait Raymond à terre. Elle ne désirait même pas une grande fortune, puisqu'il était riche pour deux. Mais il était difficile à séduire, ou plutôt farouche et timide; les dépenses de sa vie saine ne laissaient guère en lui place au rêve amoureux, et, sans se l'avouer, il tenait à son indépendance, à son plein air, à sa mer libre. Le souci de tout cela tenait dans la vive et pressante question adressée par Mme Ferrier à son mari, qui répondit :

« Henri, vous dites cela pour me préparer. Raymond arrive, n'est-ce pas ? Dites-moi vite quand, mon cher ami, demain, aujourd'hui ? Non, ne me faites pas languir, ces

Plus d'une fois, le bateau fut confié au vieux Pilou.

« Oui, il va bien, il va très bien et annonce son retour prochain, très prochain même ; » en disant cela, ses yeux et son sourire exprimaient une bonté particulière, aiguisée d'une fine malice.

émotions me font mal tout en me rendant heureuse. Montrez-moi sa lettre, je vous en prie !

— Raymond revient ce soir, là, puisque vous êtes si impatiente, il a laissé son bateau à Gênes, il arrivera par le rapide pour dîner, et voici la dépêche. »

Mme Ferrier saisit le papier, devint toute rose et parut toute jeune en ce moment-là.

« Vous permettez que je fasse préparer sa chambre à l'instant ; quel bonheur de le revoir ! Pourquoi faut-il que l'idée qu'il repartira en coup de vent comme il viendra gâte toujours ma joie ? »

Et elle soupira en ajoutant :

« Ah ! quel malheur que... »

Mais elle s'interrompit :

« Nous inviterons les Rugles pour demain, voulez-vous ? Je suis sûr qu'ils plairont à Raymond, tout sauvage qu'il est. Cela ne vous contrariera pas ? »

M. Ferrier dit :

« Bien au contraire, j'aime beaucoup Mme Rugles et ses enfants. Le fils a des qualités et on pourra en faire quelque chose ; quant à la jeune fille, elle est charmante.

— N'est-ce pas ? — répéta-t-elle vivement. — Elle est naturellement distinguée, jolie et surtout elle a l'air d'avoir beaucoup de douceur, suffisamment instruite avec cela, et jugeant bien les choses et les gens, quoiqu'elle parle peu. Mais je crois que j'ai su lui inspirer confiance. Est-ce que vous la croyez sérieusement malade, ce serait si triste à son âge ?

— Mais, — dit-il, — elle ne me donne pas du tout cette impression-là. A son arrivée, elle était assez pâlotte, mais depuis, ne dirait-on pas une résurrection ? En moins de deux mois, les couleurs et les forces lui sont revenues. Elle n'a plus besoin de la voiture de Cadet pour aller à l'ozone. Elle a très bien marché deux heures avec nous, hier, dans les pins. Je crois que beaucoup de jeunes filles traversent cette crise, surtout quand un chagrin de cœur s'en mêle, et c'est, d'après ce que vous m'avez dit, le cas de la fille de votre amie, de notre amie.

— Oui, tout cela d'ordinaire disparaît avec le mariage. » dit Mme Ferrier pensive.

Il y eut un silence, après lequel elle demanda :

« Vous avez toute confiance en M. Bar, n'est-ce pas ? »

Il répondit :

« Toute confiance. Pourquoi ? »

Elle hésita :

« Parce que depuis huit jours, il observe et étudie longuement cette enfant, et que chaque fois il donne à la mère un espoir plus rassurant. »

M. Ferrier dit :

« Eh bien ! Bar est trop honnête homme pour promettre une guérison qu'il ne pourrait tenir, ou affirmer un mieux de santé qu'il saurait ne pas exister. »

Elle semblait écouter une voix intérieure ; il lui fallut presque un effort pour se détacher de sa pensée :

« Ma vieille amie me l'a confié hier, le docteur assure que Minnie n'a rien à craindre du côté de la poitrine, ni du cœur, à l'encontre de ce que son médecin de Paris, sa mère et elle-même pouvaient craindre, mais rien, absolument rien. Les troubles respiratoires dont elle a un instant souffert proviennent uniquement d'un désordre nerveux, facilement curable avec l'ozone, l'hydrothérapie, et surtout grâce au relèvement du moral, aux distractions et à la gaieté. Il a répété exactement ce que vous venez de dire, qu'un mariage où elle aimerait et serait heureuse la guérirait.

— Ma foi, — dit M. Ferrier, — dussiez-vous me juger présomptueux, le jugement de Bar ne m'étonne pas du tout. Je n'ai jamais cru que Mlle Rugles eût la moindre affection grave.

— En courriez-vous le risque, Henri ?

— Que voulez-vous dire, ma chère ? »

Elle ne répondit pas tout de suite et parut perplexe. En se promenant à petits pas, au bras l'un de l'autre, ils s'étaient écartés de la maison, se trouvaient isolés dans leur grand jardin en descente vers la mer.

« Croyez-vous, — demanda-t-elle, suivant un de ces détours familiers à la causerie féminine, — que le cœur de cette enfant ait été pris de façon à ce qu'elle ne puisse oublier sa première épreuve douloureuse ? Elle aimait son cousin, après tout. »

Il dit en souriant :

« Je ne suis pas un grand clerc en psychologie de demoiselle. Il me semble cependant que Mlle Rugles fera comme beaucoup de ses pareilles qui ont aimé un homme qu'elles n'ont pu épouser, elle en épousera

— Non, ne me faites pas languir, montrez-moi sa lettre, je vous en prie.

un autre qu'elle aimera tout autant, sinon plus. Cela dépendra du mari qu'elle aura.

— Mais. — dit sa femme, qui semblait se débattre contre l'envahissement d'une idée tentante, mais imprudente, — vous comprendriez pourtant qu'une famille hésitât à fiancer son fils avec une jeune fille délicate; lui donneriez vous votre fils avec confiance, même si elle vous plaisait beaucoup, si la famille — ce qui est le cas — était parfaitement honorable ; n'auriez-vous pas peur, enfin, de ce que l'avenir pourrait réserver ? »

M. Ferrier, devenu plus grave, mais moins surpris qu'elle ne s'y attendait, souriait toujours.

« J'admire votre imagination, ma chère : est-ce un roman ou une réalité que vous supposez là ? Car, si je crois vous comprendre, votre idée fixe d'établir Raymond vous tient toujours à cœur, et c'est à lui que vous pensez en ce moment ?

— Me désapprouvez-vous, Henri ? — demanda-t-elle d'un ton d'angoisse tendre. — Ne vous inquiétez vous pas, comme moi, de la vie salutaire, je le veux bien, mais vide et contemplative qu'il mène, n'aimeriez-vous pas le voir marié avec une jeune fille simple, bonne et droite ? Tenez, mon ami, en vérité, je ne sais ce que je dois espérer ou craindre, si j'ai raison ou tort d'avoir conçu le roman et de ne regretter qu'il ne puisse être une réalité. Conseillez-moi, Henri, que croyez-vous que je doive faire ?

— Attendre, ma chère, et laisser venir. Quant à la jeune fille, s'il y a lieu, Bar nous dira la vérité vraie ; il n'y a pas de secret professionnel qui tienne, en certains cas. »

Il pressa doucement le bras de Mme Ferrier, reprit avec une aimante taquinerie :

« Mais, Némie — il employait souvent ce diminutif affectueux — dans ce roman, car jusqu'à présent, c'en est un, n'est-ce pas, je m'étonne que vous ne vous soyez pas seulement demandé si Raymond trouvera Mlle Rugles à son goût ?

— Ah ! — dit-elle en soupirant, — s'il doit l'aimer, cela ira très vite, ou pas du tout. Mais peut il l'aimer ? Voyez-vous des objections ? »

M. Ferrier répéta encore :

« Attendez, rien ne presse. »

Ils rentrèrent doucement, bras sur bras, sans en dire plus, absorbés tous deux, elle étonnée et presque déçue, quoique heureuse, que son mari n'eût pas fait de plus grandes objections, mais il était ainsi, très réservé sur tout ce qui touchait son beau-fils et ses belles-filles, au point de se montrer pour ces dernières beaucoup plus doux qu'envers ses propres fils, qu'il élevait de façon très ferme. Il souriait, de son côté, aux imaginations de sa femme, n'y croyant qu'à demi, sans les condamner d'ailleurs, et ne les contredisant pas pour ne pas leur donner une force de résistance, comme il arrive presque toujours avec les femmes, même les meilleures.

Mme Ferrier rentra chez elle et donna les ordres pour qu'on tînt en état la chambre de son fils. Elle vérifia le linge dans les armoires et mit des fleurs fraîches sur la cheminée. La surprise joyeuse qu'elle éprouvait à l'attendre ce soir même se mêlait dans son esprit à l'agitation un peu nerveuse de la conversation qu'elle venait d'avoir. De grands doutes la harcelaient ; plus la possibilité d'un mariage entre Raymond et Minnie lui semblait hasardeuse, plus, se conformant à l'illogisme du désir humain, elle eût voulu que ce rêve pût se réaliser. Pourquoi pas cependant ? Mais, sitôt un espoir formulé, elle le retirait, préférait considérer les choses au passé, comme un bonheur qui aurait pu être, si...

Certainement, quand elle avait reconnu son amie de jeunesse, elle ne s'était pas attendue à ce que cette ancienne affection se ranimât jusqu'au fond des racines, reverdît d'une telle sève et poussât une si belle et si riche floraison de souvenirs, d'accords d'idée, de sympathies morales. Elle s'était reprise à aimer avec une jeunesse d'âme bien rare, une parfaite et généreuse affection qui se donnait entière, restée en cela la Noémie bonne et spontanée que Mme Rugles avait connue et aimée. Bien plus, elle ne s'était pas contentée de revivre en plein contact d'amitié et de confiance avec celle-ci, elle avait ouvert son cœur à Jean et à Minnie ; ils n'étaient pas seulement pour elle les enfants d'Hélène, il lui semblait qu'ils étaient un peu les siens. Et c'est ainsi, dans le regain chaleureux de cette affection d'automne, toute heureuse de cette réunion inespérée avec des êtres qui répondaient pleinement à sa nature et à ses sentiments, qu'elle s'était laissé aller à caresser le projet, et tout au fond d'elle-même, le vœu persistant et discuté, inavoué et hésitant, d'une union entre son fils et la fille de sa meilleure amie. Car, de même que l'affection ne se mesure pas au degré de parenté, et que des proches peuvent n'avoir rien de commun avec nous et nous demeurer aussi indifférents que des étrangers, de même cette amitié d'enfance, interrompue tant d'années et se retrouvant, par chance surprenante, au même point, comme si leurs esprits et leurs cœurs avaient évolué parallèlement jusqu'à cette rencontre, cette amitié était bien pour elle la meilleure, et préférable à d'autres amitiés plus constantes et plus suivies; en effet, de réciproques souffrances l'avaient épurée, aucune jalousie, nul petit mauvais sentiment de jeunes femmes n'était venu à la traverse, et elle s'était comme dépouillée d'égoïsme et élargie, rehaussée à l'âge de sagesse des deux mères par leurs communes préoccupations d'amour maternel.

On frappa à la porte de sa chambre.

« Puis-je entrer? » demanda une voix qu'elle reconnut, en allant ouvrir avec empressement :

« Comment, Hélène, c'est toi? Que tu es aimable de venir me surprendre? Tu m'as devancée, car j'allais mettre une mantille et aller sans façon vous inviter demain à déjeuner; mon fils arrive ce soir et je veux que tu le connaisses. Mais qu'est-ce qui se passe? Tu as du chagrin, ma chère amie? »

— Mais qu'est-ce qui se passe? Tu as du chagrin, ma chère amie?

Et elle prit, anxieuse, les mains de Mme Rugles, dont le visage trahissait une émotion pénible, les joues en feu, les yeux d'eau trouble.

« Ah! — balbutia celle-ci, — ma chère amie, que cela me fait du bien de me sentir auprès de toi! D'instinct, c'est à toi que je viens me confier; je ne te le cache pas, j'ai un grand chagrin, je ne m'y attendais pas... »

Deux larmes, qui perlaient au bord de

ses paupières sans pouvoir tomber, roulèrent lentement sur ses joues; c'était si triste, ces larmes d'amie sur un vieux visage, partant d'une femme si courageuse; ces larmes rares et contenues, que, très émue, Mme Ferrier la fit asseoir et lui demanda, sans cesser de lui tenir les mains :

« Minnie n'est pas mal? J'ai aperçu tout à l'heure le médecin. Il m'a semblé qu'il sortait de chez vous. Ce n'est pas cela qui t'inquiète? »

Mme Rugles répondit, en s'essuyant les yeux :

« Elle allait très bien, trop bien, non; M. Bar au contraire m'a donné tout espoir! Mais si elle allait avoir une rechute quand elle saura... Peut-être espérait-elle, elle ne parlait jamais de son cousin, mais se serait-elle aussi vite rétablie, si au fond elle n'espérait pas? Je me le demande avec angoisse et c'est ce qui me désole! Si elle allait avoir un chagrin affreux. Imagine-toi! Son oncle Davenne m'écrit que Guy se marie! Il est fiancé d'avant-hier. Le mariage aura lieu dans un mois. Oh! mon frère n'a pas perdu de temps, — ricana-t-elle avec amertume, — cela s'appelle un mariage à la vapeur! Naturellement, tout y est, la grande fortune — son amie lui serra délicatement la main — les hautes relations, les espérances! Tiens, lis sa lettre, je viens de la recevoir à l'instant, cela m'a tellement bouleversée que je me suis sauvée ici. Heureusement que Minnie n'était pas dans le jardin; Jean se trouvait là et je n'ai pu lui cacher la vérité, il a été indigné. Pourvu qu'il n'en ait rien laissé voir à sa sœur! Elle est trop fine pour ne pas suspecter quelque chose en ce cas et alors!...

« Ce n'est pas, — reprit-elle d'un ton acéré, — que je regrette ce mariage, Guy n'aimait pas sérieusement; un garçon aussi mou, aussi peu capable de résistance, n'aurait jamais eu l'énergie nécessaire pour conquérir et défendre son bonheur. Mais elle, la pauvre petite? Oubliée en si peu de temps, délaissée, méprisée, se voir préférer une inconnue, une pimbêche riche que Guy aura vue trois ou quatre fois, un mariage d'entremetteurs mondains, de raison, d'argent, un beau mariage enfin! — répéta-t-elle avec une ironie ulcérée... — Ah! je connais seulement d'aujourd'hui mon frère! Lui qui insistait tant pour nous voir aller dans le Midi, je ne m'en étonne plus! A son retour d'Amérique, Guy aura trouvé tout prêt, la femme, le contrat, la dot, il n'aura eu que la peine de dire oui. Eh bien, c'est révoltant! Il y a dans cette façon d'agir vis-à-vis de nous quelque chose de bas! Après le refus de mon frère, par pudeur, on aurait bien pu attendre; quelques mois n'auraient été que de la simple correction. Mais bâcler ce mariage pour en finir, pour soustraire Guy à sa première affection, m'écrire cela brutalement, sans regrets, sans excuses, ah! tiens, je sens que je les déteste tous; mon frère, ma belle-sœur et mon neveu me sont odieux! Cela m'étouffait, ma bonne Noémie, et il fallait que je le crie! Lis sa lettre, lis-la, tu connaîtras leur âme! »

Un pas pressé glissa dans le corridor, on gratta légèrement à la porte.

« Qu'est-ce que c'est? »

Une femme de chambre répondit, dans l'entrebâillement étroit que maintenait Mme Ferrier :

« Madame, c'est M. Jean qui envoie la bonne prévenir Mme Rugles que M. et Mme Essler sont venus lui rendre visite. M. Jean et Mademoiselle leur tiennent compagnie en attendant. »

Mme Rugles eut le geste de désespoir, comique à force de violence, par lequel on accueille l'absurde et ridicule imprévu, tombant en plein drame de vie.

« Qu'on dise que je suis sortie, » répliqua-t-elle sèchement.

Mais la femme de chambre revint dire :

« La bonne se permet de faire observer que M. Jean a dit à Mme Essler que Madame était ici, et qu'il l'envoyait chercher.

— C'est bien, — dit-elle, et se retournant vers son amie :

— Tiens, garde cette lettre. Tu me la rendras ce soir. Mais non, tu attends ton fils. Nous ne pourrons causer. Que me conseilles-tu? De ne rien dire encore à Minnie, n'est-ce pas? Pourvu qu'elle ne se doute de rien!

— Tu as les yeux rouges, — dit Mme Ferrier, — rafraîchis-les dans mon cabinet de toilette, mets-toi un peu de poudre de riz ! Non, ne dis rien à ta fille. Qui sait, va, elle ne le regrettera peut-être pas tant que ça, son cousin ? Et, entre nous, elle aurait joliment raison.

— Au revoir, — disait très vite Mme Rugles, — et haussant les épaules avec amertume :

— J'ai vraiment bien le cœur à recevoir ces Essler !

— Ecoute, — dit l'autre par une délicate inspiration, — venez ce soir prendre le thé, ne fût-ce qu'un moment. Il fait très doux, et Minnie bien couverte ne risque rien.

— Non, non, tu auras ton fils, nous vous gênerions !

— Justement, Raymond sera enchanté. Ne reste pas ce soir avec tes idées tristes, promets-moi de venir, ma chère amie, tu sais combien ici tout le monde vous aime ! »

Elles s'embrassèrent en hâte, et comme leurs bras se disjoignaient, leur cœur les rejeta dans une nouvelle étreinte.

— Pleure, ma chérie, mais aie foi en ta jeunesse.

V

Minnie, en train de changer de robe, se tenait par hasard derrière le rideau de la fenêtre de sa chambre au premier. Sa mère causait avec Jean dans le jardin. Le facteur était entré et avait remis une lettre. Mme Rugles en avait reconnu l'adresse, l'avait décachetée et lue en hâte, avec agitation ; puis, regardant autour d'elle et levant les yeux vers la chambre, elle avait froissé et enfermé le papier dans sa poche. Elle semblait se défendre de répondre aux questions dont Jean la pressait. Minnie devina qu'elle était partagée entre le désir de lire cette lettre et la peur d'être surprise. Presque aussitôt, elle la vit s'éclipser derrière des massifs de verdure, toujours accompagnée de Jean ; sa robe, pas-

— Il se marie!
C'est clair.

sant et disparaissant le long des allées, s'arrêt: devant la petite porte du bout du jardin et s'esquiva dans la venelle qu'on prenait souvent pour aller chez les Ferrier. Jean revint seul, les yeux braqués sur la maison, préoccupé et méfiant.

Minnie n'avait eu aucune intention de les guetter, et même l'idée ne lui vint pas tout d'abord que c'est d'elle qu'on se cachait. Mais les gestes de Jean, le mystère de la lettre, la disparition furtive de sa mère, éveillèrent sa curiosité, ses soupçons, la conscience d'un péril et la certitude irraisonnée que ce péril la concernait. Mauvaise nouvelle, perte d'argent! Elle en eut l'idée et ne s'y attacha pas; pourquoi ces regards inquiets vers sa chambre, sinon parce qu'on souffrait, qu'on avait peur pour elle, qu'on voulait lui taire la vérité? Elle devint pâle.

« Il est arrivé un malheur à Guy? »

Du fond de sa tendresse engourdie, de l'autrefois auquel elle songeait sans espoir et avec une résignation mêlée de lassitude, du passé mort, dont elle portait le deuil, son cousin ressuscita, avec ses yeux veloutés et doux, son mince visage, la grâce timide, un peu maladroite de son long corps. Un accident? une chute? une maladie! Elle s'effraya, mais plus de l'idée que de la sensation nerveuse dont la saisissait ce malheur supposé. Une obscure intuition lui soufflait que rien de ces choses n'était arrivé à Guy. Et pourtant, un malheur, attesté par le trouble de son frère et de sa mère, par le secret inquiétant de cette lettre, planait sur elle. Tout son sang lui jaillit au visage.

« Guy se marie! »

Dès lors, tout s'expliquait, et s'expliquait ainsi seulement; quelque chose d'indigné dans les traits de Jean lui revint alors et confirma sa clairvoyance. Elle répéta :

« Il se marie! c'est clair. »

Et comme elle n'avait pas achevé de s'habiller, elle s'aperçut qu'elle avait les bras nus, passa machinalement un corsage, le boutonna avec une sorte de pudeur, des gestes rétrécis; son cœur avait froid. Pourquoi n'était-elle pas plus étonnée, indignée, pourquoi ne souffrait-elle pas davantage? Mais elle comprit que sa souffrance était faite de cette angoisse incertaine, de cette confuse stupeur, du vide dans lequel elle se sentait tomber, en même temps que tournaient les meubles et les murs de la chambre. Elle ferma les yeux.

« Il se marie, eh bien! après? »

Cela ne la révoltait qu'à demi, s'y était-elle donc attendue? Un peu plus tôt, un peu plus tard!... Depuis longtemps elle n'espérait rien, le silence de Guy, ce que son attitude dans l'éloignement gardait d'évasif et de presque honteux, le caractère absolu et orgueilleux de l'oncle, l'opposition sournoise et apathique de la tante, tous ces signes avaient pris une cruelle éloquence. Elle réprima un petit rire faux et douloureux : la détresse qui effare les êtres faibles lâchement abandonnés l'environna de nuit, de froid, de misère morale. Mais en même temps, une fierté protestait en elle contre l'injustice de la vie, la noblesse de n'avoir rien à se reprocher, la satisfaction voluptueuse et rehaussée de vanité d'être sacrifiée, d'être à plaindre, de mériter l'intérêt et la chaude affection des siens. Elle essaya de s'affirmer qu'elle ne souffrait pas dans sa tendresse, que Guy lui était un étranger, sans doute son amour-propre seul saignait? Et saignait-il vraiment? Elle se le demandait en se répétant :

« Mais je ne souffre pas, je n'aurais pas cru souffrir si peu. »

En même temps elle avait envie de sangloter, de se réfugier contre un cœur aimant, elle eût voulu que sa mère fût là et tout savoir d'elle, car enfin, malgré l'obstinée persuasion qui s'ouvrait de seconde en seconde en son esprit, rien ne prouvait qu'elle ne se pût tromper. Elle revint à l'idée d'un accident : Guy malade, Guy blessé, peut-être en duel. Elle se vit penchée à son chevet, le soignant. Il revenait à la vie, la reconnaissait avec un sourire faible, l'oncle et la tante Davenne souriaient, et leur mariage était décidé, se ferait dès que Guy serait rétabli; pour leur voyage de noces ils iraient en Italie. Elle s'arrêta court :

« Ah ça! mais, ma tête est folle! »

Elle ne put plus supporter de ne pas savoir, descendit précipitamment l'escalier, le nom de Jean aux lèvres, prête à l'appeler, mais, comme elle arrivait dans le jardin, un landau s'arrêtait devant la grille, les Essler en descendaient : elle était prise!

Les Essler, bouffis d'importance, tout comme leurs chevaux aux croupes luisantes, comme leur cocher gras, à bottes à revers, n'avaient aucune envie de s'en aller; Jean accouru s'embrouilla, perdit la tête et envoya chercher sa mère.

Les Essler s'assirent dans le salon et la femme complimenta Minnie sur sa bonne mine, tandis que le mari passait l'inspection des meubles et du tapis en faux Orient, des candélabres en zinc doré, des lithographies empire, de cet intérieur banal de villa en location ; il semblait faire des comparaisons avec celui de sa villa qu'il louait, lui aussi, et le plus cher possible, aux étrangers.

« Je venais gronder votre mère, — dit Mme Essler, — on ne la voit jamais à Valençor, et je sais cependant qu'elle fait des visites et que vous voyez du monde, les Silleroy, les Hawkins, des gens charmants, n'est-ce pas? »

Mais elle ne nomma pas les Ferrier, jalouse de la main-mise affectueuse qu'ils avaient étendue sur les Rugles, leur en voulant de les avoir soustraits à son patronage et fait connaître à ce qu'il y avait de mieux dans Saint-Frégose. Elle ramenait la conversation sur la santé de Minnie, s'étonnant qu'elle n'eût pas pris le vieux Sarrazin pour médecin, affirmant qu'il en avait été mortifié et peiné ; Mme Rugles parut.

Jean et Minnie, instinctivement, profitèrent de cette diversion pour se regarder, avides de lire dans les yeux l'un de l'autre, poussés, juste à la même seconde, par une communion électrique de leurs pensées. Un trouble leur en resta, et Minnie, torturée de savoir, épia, autant que la conversation le lui permit, le visage et le ton contraints de sa mère, le malaise de Jean. Exaspéré par la présence prolongée de ces intrus qu'il envoyait mentalement au diable, il avait un petit tremblement de bottine que M. Essler avait fini par remarquer ; aussi, en devinant peut-être la cause, dans cette atmosphère sans sympathie, il ne pouvait s'empêcher de ramener les yeux sur la trépidation de ce pied, et les relevait ensuite vers le jardin, avec une morgue offensée et poliment méprisante.

Mme Essler parlait d'un ton de volubilité aimable qui sautait d'une chose à l'autre, et ne permettait pas de juger ou d'apprécier quoi que ce soit ; l'irritante banalité de ses phrases exigeait, en l'état d'esprit des Rugles, un grand effort pour qu'ils sussent y répondre. Enfin elle se leva, et on les reconduisit à leur voiture.

M. Essler se retourna pour toiser la maison :

« Est-ce qu'elle n'est pas humide ? — demanda-t-il. — Non ? Je l'aurais cru. Elle en a l'air.

— Ce sont les Ferrier qui nous l'ont indiquée, — dit Mme Rugles, — nous y sommes très bien. »

Mais ils ne relevèrent pas le propos et partirent, après leur avoir fait promettre de venir déjeuner avec eux, pour le passage des Flassmans, qui seraient charmés de faire leur connaissance. Le cocher enleva les chevaux qui tournèrent en piaffant et partirent au grand trot. Les Rugles rentrèrent et Jean ironique déclara :

« Hein, maman, ils sont plus aimables qu'au premier jour, mais ils sont vexés tout de même, as-tu remarqué ?... »

Mais ses regards suivirent ceux de sa mère et se portèrent sur Minnie toute blanche qui semblait, dans son immobilité, avoir pris racine au sol.

« Chérie, » dit doucement la mère. Elle revint à elle en tressaillant, ses joues se colorèrent.

« Le facteur est passé aujourd'hui, n'est-ce pas, maman ? » demanda-t-elle.

Mme Rugles hésita, trop franche pour mentir ; le timbre singulier de la voix lui faisait craindre un piège.

« Je crois, oui.

— Est-ce une lettre de mon oncle ou de ma tante que tu lisais, maman ? »

Mme Rugles s'empourpra, ouvrit de grands yeux où la désolation, l'effroi coururent ; elle regarda Jean avec reproche, ce fut touchant et ridiculement maladroit.

« Jean ne m'a rien dit, — déclara bien vite Minnie, — je t'ai vu lire une lettre dans le jardin, j'étais dans ma chambre, vos airs m'ont intriguée, je ne pensais à rien. Pourquoi me regardes-tu comme cela, maman, je suis plus brave que tu ne le crois. Mon cousin se marie, n'est-ce pas ? »

Mme Rugles lui mit les mains aux épaules, et l'attirant, l'embrassa de toute sa force. Mais Minnie ne pleura point, elle ne pouvait ; l'élan muet et pathétique de sa mère, au lieu de l'élever à l'unisson, la paralysait ; elle se reprit, et sans pouvoir maîtriser sa curiosité :

« Avec qui se marie-t-il ? »

Mme Rugles bégaya :

« Ma chérie, oublie-le, oublie tout cela, nous t'aimerons ; aie du courage, songe au bonheur qui te dédommagera un jour. Tu es si jeune. Va, tu mérites d'être heureuse et tu le seras. Promets-moi de conserver ta santé, pour moi, pour ton frère. Nous souffrons tant de ta peine ! »

Minnie sourit tristement :

« Je ne suis pas jalouse, maman, je ne lui en veux pas, je souhaite qu'il soit heureux, et — sa voix qui tremblait un peu s'affermit — je crois être sincère en disant cela ; tu peux donc me dire qui il épouse ? Est-ce quelqu'un que je connais ?

— Non, je ne pense pas, mon enfant. Je ne connais pas ces gens-là, les Bargeot, des industriels, je crois. »

Elle dit cela du bout de la langue, comme si ces mots la brûlaient, pour tout le mal qu'ils devaient faire à sa fille. Jean, le cœur serré, se mordait les lèvres d'impuissance. Mais Minnie répéta, calme en apparence :

« Les Bargeot ? Non, je ne connais pas. »

Elle reprit :

« Des gens riches ?

— Riches, — répéta l'écho, avec indignation.

— A quand le mariage ?

— Dans un... mois ! »

On eût dit que c'était elle qui avait le plus grand chagrin, sa voix chevrotait.

« Est-ce que Guy me fait dire quelque chose ? »

Elle prit ardemment les mains de sa fille et son silence consterné répondit.

« Non ? — insista Minnie avec un peu d'ironie. — Eh bien ! j'aurai plus de courage que lui ; je lui ferai savoir, maman : oh ! deux mots seulement, que je forme des vœux pour son bonheur ! »

Sa voix se fêla, son visage changea, la douleur la tenaillait enfin :

Colette vint, toute frêle, s'enlacer a son frère.

4

« Bah! — soupira-t-elle, — à quoi bon, tu le leur diras, toi, maman. Et puis... — les larmes jaillirent de ses yeux — qu'on ne m'en parle plus, que je n'en entende plus parler, jamais! »

Mme Rugles l'avait reprise contre elle, l'enveloppait de ses bras, avec une pitié protectrice :

« Pleure, ma chérie, pleure, mais aie foi en ta jeunesse, aie foi en la vie, c'est ta vieille mère qui t'en supplie! »

Minnie sanglotait tout bas, d'une plainte arrachée et étouffée :

« Oh! maman, je me consolerai, je me consolerai. Je ne sais pas pourquoi je pleure!... »

Elle pleurait, cependant.

En entrant seul, dans le salon des Ferrier, Jean se sentit enveloppé d'une chaude et affectueuse atmosphère. Les lampes éclairaient l'intimité des visages, et il ne vit que sourires, amis et mains ouvertes; des voix gaies d'enfant lui souhaitaient la bienvenue. Mme Ferrier, avenante et empressée, s'inquiéta :

« Votre mère, votre sœur?

— Je vous apporte leurs excuses. Minnie était un peu souffrante, elles ont bien regretté. »

Elle n'insista pas, et l'amenant devant un grand jeune homme qui depuis son entrée n'avait cessé de l'étudier avec une curiosité sympathique, elle le présenta :

« Mon fils Raymond, notre ami, M. Rugles. »

Tout de suite la figure de Raymond séduisit Jean; il aima ce haut front aux cheveux ras, ces yeux dont le gris bleuté prenaient une teinte de mer indécise, où il y avait du rêve, de la douceur, de la force au repos; le nez droit, la bouche marquaient une noblesse de lignes; une grande barbe blonde, étonnamment soyeuse, encadrait l'ovale du visage et tombait sur la poitrine. Malgré cette barbe de pirate normand, les traits restaient jeunes et presque enfantins, couverts de hâle, avec cette impression de franchise et de loyauté qu'on voit aux jeunes matelots.

Colette vint, toute frêle, s'enlacer à son frère, fit ressortir de sa minceur les larges épaules, le buste développé que les rudes gymnastiques de la manœuvre lui avaient donnés; il posa sa main sur les cheveux de l'enfant, et Jean aima la fermeté élégante de cette main bise, qu'un duvet d'or fonçait, près du poignet.

« Monsieur Jean, demandez donc à Raymond de ramener bientôt son bateau, afin qu'il nous emmène tous promener en mer? Est-ce que vous craignez d'être malade? Oui? Moi, je ne le suis jamais, et j'aime tant danser comme ça — sa main ondula. — J'aurais fait un bon marin, n'est-ce pas, Raymond? »

Il sourit, et Jean s'aperçut que ce grand garçon à barbe de fleuve et à pectoraux redoutables était timide et silencieux; cela le mit à l'aise et lui évita de paraître gauche et emprunté lui-même, car d'ordinaire tout nouveau visage, même agréable, l'embarrassait. Il fut rassuré de trouver Raymond si peu à craindre, mais en même temps il subissait le charme et presque le respect de cette tranquille force discrète qui semblait, dans le bleu sobre d'une vareuse et d'un pantalon de drap marin, s'effacer, rentrer au coin de la cheminée; cette façon de marcher sans bruit, et de parler plutôt bas, d'un timbre caressant et voilé, lui plut.

« Vous resterez quelques jours?

— Oh! oui, — s'écria Colette, — il l'a promis. »

Il répondit :

« Je resterai, je pense, deux ou trois jours. »

Elle reprit, avec une petite moue qui semblait compter sur davantage :

« Demain matin, il ira donner à la mère d'un de ses matelots des nouvelles de son fils. Voulez-vous venir avec nous? Vous verrez le vieux quartier des pêcheurs?

— Si l'on veut de moi, certainement! »

Jean chercha l'approbation de Mme Ferrier, en disant cela. Il sourit ensuite à Colette, reconnaissant de ce qu'elle cherchait à les rapprocher, son frère et lui, et très épris d'elle-même, songeant vaguement qu'il en serait devenu amoureux, si elle avait eu deux ans de plus; car, bien que ses quinze ans en fissent une jeune fille, sa sveltesse gamine la laissait pour lui une enfant. Et cependant, ni Jeanne, ni Andrée, qui se tenaient en ce moment penchées derrière le fauteuil de leur mère, grandes filles elles aussi, ne lui inspiraient le même sentiment. Pourquoi? Elles étaient cependant aussi jolies que Colette, lui ressemblaient : Jeanne espiègle, Andrée d'un charme de songeuse éveillée, toujours absente « dans la lune ».

Andrée épiait la pendule, d'un air d'attente. Les garçons étaient déjà montés se coucher. Les trois sœurs, qui s'apprêtaient à en faire autant, retardaient d'instinct, avec des yeux de câlinerie qui demandaient un répit ; mais dix heures sonnèrent ; selon l'usage elles allèrent embrasser d'abord M. Ferrier, puis leur mère, puis Raymond. La poignée de main que Colette donna à Jean était chaude et vivante, son sourire lui sembla plus exquis ce soir-là, et si fin et si délicatement amical, qu'il en fut charmé.

« La délicieuse fillette ! » se dit-il en suivant le léger mouvement de sa jupe, sa disparition de fée — Il ne songea pas que cette « fillette » en savait déjà beaucoup plus que lui sur la vie, grâce à un don de divination, de prescience et d'observation féminine qu'il ne soupçonnait pas. Il la trouvait trop jeune pour lui et ne se doutait pas que c'était lui qui était trop jeune pour elle, tant elle avait d'avance sur l'orgueilleuse supériorité qu'il s'attribuait. Mme Ferrier qui, depuis un moment, remarquait le geste machinal qu'ébauchait son fils, portant la main à

LA POIGNÉE DE MAINS ÉTAIT CHAUDE ET VIVANTE.

la poche de sa vareuse et la laissant retomber aussitôt, murmura affectueusement :

« Va, mon pauvre Raymond, va fumer. Tu es trop malheureux sans cela ! »

Il rougit comme une jeune fille prise en faute et protesta. Sa pipe, en effet, était son amie des heures de mer et de solitude, et il avait essayé en vain de se libérer de cet assujétissement, auquel il devait d'immobiles rêveries, évaporées en fumée, le parfait bonheur d'un instant. M. Ferrier, qui le comprenait, sourit et levant le store d'une des portes vitrées, découvrit le jardin bleu de lune.

« Viens, nous nous promènerons dehors, et comme cela, ma chère, nous ne vous empesterons pas. »

Elle demanda à Jean :

« Mais vous, vous ne fumez pas? »

Il comprit qu'elle serait aise qu'il restât auprès d'elle ; il ne fumait d'ailleurs que par amour-propre, avec d'autres, n'osant avouer que l'odeur du tabac lui faisait mal.

Dès qu'ils furent seuls :

« Minnie n'est pas souffrante, — expliqua-t-il, car tout l'invitait à la confiance envers l'amie de sa mère et il la devinait préoccupée à cause d'eux. — Seulement elle s'est doutée de ce que contenait la lettre que maman est venue vous montrer ; il paraît qu'elle nous a vus recevoir et lire cette lettre au jardin, et maman n'a osé nier. »

Mme Ferrier dit avec émotion :

« La pauvre enfant !... A-t-elle beaucoup de chagrin? Vous, Jean, qui la connaissez et qui avez sa confiance?... »

Il fut flatté qu'elle fît appel à sa perspicacité :

« Elle a pleuré, mais ma mère et moi nous nous serions attendus à une émotion plus vive. Il est vrai qu'elle a beaucoup d'empire sur elle-même ; je l'ai quittée assez calme. Le dîner n'a pas été gai, mais pas trop triste non plus. Si sa santé n'en reçoit pas un contre-coup fâcheux, j'ai bon espoir. Ah ! ce n'est pas que je regrette Guy ! Oh ! non, bon débarras ! Ah ! si Minnie pouvait être aimée par un bon et brave garçon, elle a tout ce qu'il faut pour le rendre heureux. »

Mme Ferrier fit signe de baisser la voix, les deux hommes passaient devant la fenêtre, et le gravier criait sous leurs pas.

« Un brave garçon, — dit-elle pensive quand les pas se furent assourdis, — mon Dieu ! il y en a encore, heureusement. »

Elle secouait doucement la tête, une tendresse maternelle donnait à son visage une grâce émue et bonne.

« Voulez vous dire à votre mère que je la plains et que je m'afflige de sa peine? Quant à Minnie, ne lui dites rien, je lui parlerai, ou plutôt je tâcherai qu'elle s'ouvre à moi. »

Elle répéta :

« Pauvre enfant ! »

Un long moment ils causèrent, avec une effusion confiante ; Mme Ferrier demanda subitement :

« Raymond vous plaît, n'est-ce pas? J'ai vu tout de suite que vous sympathiseriez. Je serais heureuse qu'il vous eût pour véritable ami. »

Il s'inclina, sans remarquer comme elle savait habilement le prendre ; n'aurait-elle pu en effet lui souhaiter la bonne fortune d'avoir Raymond pour ami, lui qui aurait tout à y gagner? Mais elle avait constaté, dès les premiers jours, son amour-propre juvénile, et elle le ménageait gracieusement, ce qui ne l'empêchait pas d'aimer ce qu'il y avait en lui d'intelligent et de bon.

Il répondit :

« Mais je suis tout porté à l'aimer ! »

Les deux hommes ne tardèrent pas à reparaître ; Mme Ferrier dit à son fils, indulgente, avec un sourire un peu froncé :

« Eh bien ! était-elle bonne, cette pipe?

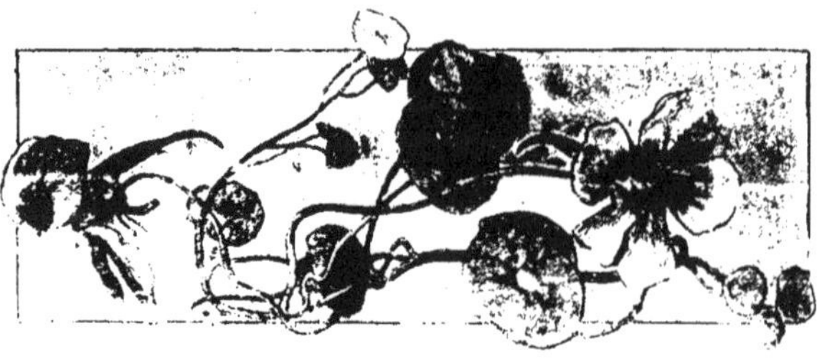

VI

Ce fut au sortir de l'église, le lendemain, que tous les Ferrier rencontrèrent, sur le promenoir du bord de la mer, Mme Rugles et ses enfants.

On leur présenta Raymond.

Minnie, si absorbée qu'elle fût en elle-même, ne put s'empêcher de remarquer sa timidité, mais comme cette timidité ne manquait pas de grâce mâle et de loyauté naturelle, elle n'en fut point choquée. Il avait belle mine dans son large et souple vêtement, portait bien, au lieu d'un ridicule chapeau melon, la casquette marine en drap bleu.

Lui, ne sut l'embrasser d'un de ces regards qui jugent de l'ensemble et du détail, regards féminins, décisifs et sans appel ; à peine osa-t-il la regarder. Il n'eût su dire comment elle était habillée ni quelle forme de visage elle avait ; il ne vit qu'une silhouette gracieuse, deux beaux yeux, une expression d'âme fine et délicate ; ce fut tout et assez ; elle lui plaisait. Mais cela, il ne le savait même pas, il ne le formula en rien dans son esprit, se sentit seulement l'âme libre en sa présence, et sans ennui, lui qui craignait tant la gêne des formalités mondaines. Il pensa qu'il faisait beau, que la mer d'un azur clair sous un ciel vif et blanc était douce à voir, et il ne regretta pas son bateau, s'intéressa, comme un enfant, à l'animation un peu plus grande des rues, en cette matinée chaude du dimanche. D'ailleurs, Jean se tenait à côté de lui, et cette présence ne pouvait lui être qu'agréable.

« N'est-ce pas, madame, — demanda Colette à Mme Rugles, — vous voulez bien venir avec nous ? Si vous n'avez jamais visité le quartier des pêcheurs, cela vous fera voir un Saint-Frégose que vous ne soupçonnez pas ! »

Mme Rugles consulta Minnie :

« Cela ne te fatiguera pas, ma chérie ?

— Mais non, mère, du tout ! » répondit-elle avec une vivacité qui ne repoussait pas précisément l'intérêt affectueux dont elle se sentait enveloppée par tous, mais qui en était gênée et qui réclamait qu'on ne fît point attention à elle, car sa pudeur s'alarmait de l'idée qu'on savait pourquoi elle ne pouvait dissimuler, ce matin, une tristesse éparse dans tout l'être, la courbature morale d'un lendemain d'épreuve. De plus elle était sous l'influence d'un état nerveux et délicat, qu'il lui semblait que des yeux exercés pouvaient lire dans ses yeux alanguis, sur ses traits pâlis ; de tout temps, cette idée lui causait un malaise, même auprès de sa mère et de son frère. Son maintien en prenait un charme particulier, à la fois dolent, discret et volontaire, où l'on sentait le retirement d'une âme sensible, tapie aux aguets, vibrant au plus frêle contact.

« Mais, — dit M. Ferrier, — nous n'allons pas tous escalader les vieux escaliers, ce serait l'invasion des Sarrazins ! Séparons-nous pour nous retrouver sur le vieux port. Que ceux qui veulent marcher vite viennent avec moi ! »

Les deux garçons se rangèrent de son côté, les deux cadettes hésitèrent, mais un regard de leur mère les décida à rester avec le père ; Colette seule obtint grâce et alla avec les Rugles, sa mère et Raymond.

« Eh bien, à tout à l'heure ! »

Et M. Ferrier, d'un pas accéléré, entraîna les quatre enfants vers la campagne d'Argis, qu'on apercevait cendrée et rousse, dentelée d'oliviers pâles que rehaussaient, par endroits, les tons verts sombres des taillis de romarins et de cistes.

D'abord les deux mères et les jeunes gens partirent en groupe compact, assez lentement. Des familles les saluaient. On passa sous le pont du chemin de fer où un train, avec un fracassant écho, roulait. Dans l'avenue, sur la droite, on apercevait la gare, les omnibus d'hôtel, et, accoudés à la balustrade, les cochers et les grooms en livrée, la tête tendue, les yeux ronds, la bouche ouverte comme des requins pour happer un solitaire voyageur. La crudité des légumes d'un petit marché emplit bientôt l'air d'une odeur d'herbes et de choux. Entre ses quatre ormes formant bosquet, l'*Hôtel de Savoie* montra ses murs boueux ; Mme Loustigarel, en tablier blanc, sur le seuil, fit de loin la révérence, et le petit bossu qui, assis sur une borne, fumait une cigarette, se mit dans la position militaire, raide, la main à la casquette. Cela rappela aux Rugles leur arrivée, et les mamans se sourirent, Mme Rugles murmura :

« Ah ! sans toi, Saint-Frégose... »

Elle se reprit :

« Mais non, c'est un coin tranquille et charmant ! J'ai connu Cannes, autrefois, et Nice. Cette vie factice, ces visages d'étrangers, ces toux continuelles, ces malades me causaient une impression pénible. D'ailleurs il fait si bon, si tiède ici, à l'abri des montagnes. Comment ne serais-je pas reconnaissante à un pays qui a si promptement rétabli ma fille ? »

Elle soupira, sous-entendant bien des choses, le chagrin récent ; Mme Ferrier comprit et dit à demi-voix :

« A son âge, il n'y a pas de douleur irréparable ! »

Et elle sourit aux jeunes filles qui, les ayant peu à peu devancées, s'arrêtaient, pour les attendre. Raymond et Jean, dont les pas étaient plus larges, détachaient en avant, dans le jour lumineux, l'un ses épaules larges, l'autre sa silhouette allongée. Ils allaient côte à côte, le long des rues sales, car la vieille ville commençait là, avec les couleurs vives et usées, vert, lie de vin, taine, ou bien un matelot sec et tanné qui grimpait agilement les larges escaliers plats, dont l'ascension imposée donnait à réfléchir aux dames.

« Maintenant, — dit Raymond qui, avec Jean, était revenu à leur rencontre, — il

DES CHATS MAIGRES OU GRAS EMPLISSAIENT CE QUARTIER MORT.

jaune canari, des boutiques de marchands de poteries et de volailles, avec ses trattorias pour maçons italiens, ses recoins d'impasses d'où l'on voyait, derrière un volet, saillir une tête de vieille femme curieuse.

« Ah! — dit Colette, — ici rien n'a changé; tel c'était il y a cinq ans, avant qu'on bâtisse la partie neuve pour les hiverneurs, tel c'est encore aujourd'hui; regardez tous ces chats! »

Plus l'on s'enfonçait en des ruelles pavées, aux tristes murs couleur de suie, qu'égayait, à quelque fenêtre, un géranium fleurissant rouge au milieu de langes en train de sécher, plus l'on montait vers la vieille église, plus abondaient, à chaque porte, embusqués à l'orée des caves, couchés sur les entablements des fenêtres, des chats de pauvres, gris aux yeux bleus, noirs aux yeux verts, roux aux yeux fauves, des chats maigres ou gras, emplissant ce quartier mort à faire croire qu'ils en étaient presque les seuls habitants. Des chiens peureux, cependant, et n'ayant rien de la sécurité des chats, fouillaient du museau dans des tas d'ordures, et s'enfuyaient à la moindre approche. On rencontrait seulement quelque Italienne bouffie, allant chercher de l'eau à la fontaine, faut du courage. Madame, — proposa-t-il à Mme Rugles, — voulez-vous bien accepter mon bras?

— Merci, monsieur, ma fille l'acceptera peut-être. »

Minnie faillit refuser, mais il la regardait avec un bon sourire, elle prit son bras et s'y appuya légèrement. Mme Ferrier qui n'avait plus de jambes, elle le remarqua en soupirant, accepta le bras de Jean, tandis que Colette et Mme Rugles montaient à l'escalade, bravement.

Les grands degrés, formés de pierres grises aux extrémités, étaient, en leur milieu, incrustés de carreaux rouges, ce qui leur donnait un aspect de mosaïque fruste, rappelait le simulacre d'un de ces tapis qui ne couvrent que la moitié des marches. Des rigoles, le long des deux pans de murailles, ruisselaient d'eau bleue savonneuse, et entre les avancements de maisons, dont les faîtes se rapprochaient par endroits, comme dans les vieilles rues arabes, on voyait un ciel éclatant et pur, sur lequel le clocher en moellons bruts de la vieille église surplombait. On atteignit enfin la plate-forme, au soulagement instinctif de Raymond, à son regret aussi, car il n'avait rien trouvé à dire à Minnie, mais la legereté du bras qu'elle reposait sur le sien, ce frôlement frêle, vivant, virginal, lui manqua, sitôt qu'arrivés en haut, la jeune fille quitta son bras, en le remerciant d'une clarté fugitive de sourire.

« Oh! la belle vue, » s'exclama Mme Rugles. Ils étaient plus haut qu'ils ne l'auraient cru. De là, on dominait le grand cirque de la plaine d'Argis, une campagne aux tons roux et doux, que le sillon d'argent d'une rivière coupait en zigzag. Au bas de la plate-forme, les rues tortueuses dont ils sortaient, de vastes terrains vagues, le boulevard neuf, le Casino embrasé et scintillant ; sur la gauche, en des masses de verdure, les villas, et l'étalement de la mer toute laquée au large, d'un bleu plus terne dans la baie. Les montagnes, jusqu'à la pointe du cap, traçaient autour d'Argis et de Saint-Frégose un triple rempart, dont le premier plan verdoyait, tandis que le second se bleutait, déjà plus vague, et que le plus reculé, luisant en nappes pâles, dentelait les blancheurs de ses sommets de neige. Un profond silence, la splendeur calme de l'hiver méridional, planaient sur ce paysage heureux, plein d'harmonie, presque mélancolique à force de recueillement. La vieille église, bâtie de pierres jaunes et cimentée de mortier rouge, d'un ton de ruine terreuse, participait à la beauté du décor, rajeunie sur une des faces du clocher carré par un gigantesque rideau de verdure qui tremblait à l'air vif, égayée par la pousse en pleine pierre d'un vieux figuier, qui, suspendu à cinq mètres du sol, surgi d'un des contreforts, ramifiait ses baguettes grises et découpait ses rares feuilles dans le bleu. Cette église de pauvres, si différente de l'église neuve et de la ville blanche, si abandonnée et si calme, perpétuant en plein ciel le symbole de son enseignement à travers la vie tenace de la pierre et de l'arbre, sous son rideau grimpant de lianes, impressionna les Rugles et surtout Minnie. Elle répéta:

« Comme c'est paisible! Maman, nous qui n'étions jamais montés ici!

— Ah! — dit Colette, — maman y vient souvent, pour ses pauvres. »

Elle se mordit les lèvres :

« Je serai grondée, maman n'aime pas qu'on parle de ça, et elle me fait des yeux, des yeux!

— Qui croirait, — dit Mme Ferrier, — qu'une grande fille comme toi soit si enfant encore! »

Elle souriait, tout le monde sourit. Colette, pour toute réponse, d'un brusque élan, l'embrassa, au risque de la décoiffer.

Raymond observait à la dérobée Minnie, elle respirait un peu fort, la montée l'ayant fatiguée. Son visage, qu'il n'apercevait que de profil, en paraissait plus gracieux, sa fine bouche à demi ouverte. Il eut peur qu'elle ne prît mal.

« Ne restons pas là, l'air est un peu frais. Voulez-vous entrer dans l'église, elle est bien modeste, mais nous lui sommes restés fidèles, et je crois — fit il avec une malice aimante — que ma mère y vient quelquefois prier en cachette. »

Il poussa la porte battante, s'effaça en la maintenant ouverte; le cuir en était bien vieux, crevé par le crin, çà et là. Il entra le dernier, Minnie le précédait. Elle trempa au bénitier ses doigts et d'un geste spontané, tout naturel, les lui tendit avant de se signer. Ce contact humide fut si insaisissable qu'il lui fallut un instant de réflexion pour qu'il s'en rappelât la douceur.

Une ombre de paix les enveloppait et les yeux, au sortir du grand jour, avaient peine à distinguer l'intérieur de l'église, à s'assurer combien elle était humble, digne des pêcheurs et des vieillards de l'hospice. Tout de suite, on la devinait désertée pour l'autre, la neuve; certainement il n'y venait que les plus basses gens, les infirmes, les pauvres honteux, ou ceux qui se trouvaient trop âgés, pour changer, si près de la mort, les habitudes d'une vie entière. Les chaises, qu'une poussière séculaire avait rendues plus grises que la cendre, s'étaient dépaillées; certaines ne montraient plus que le cadre vide du bois. L'autel, d'une propreté nue et stricte, évoquait l'idée d'un culte primitif; le confessionnal se composait d'une simple planche de chêne brun percée comme une écumoire de trous ronds, à travers les-

Elle trempa au bénitier ses doigts et, d'un geste spontané, tout naturel, les lui tendit.

quels le prêtre écoutait et répondait. Dans une minuscule chapelle, baignée de nuit, une vierge dédorée, massive et gauchement raide, souriait. Quelques petits bateaux de bois, pareils à des jouets d'enfant, barques taillées au couteau de matelot, navires gréés par des doigts rudes, pendaient en ex-voto à des filins goudronnés. L'encens brûlé pour la grand'messe sentait le vieux et une veilleuse, rallumée sans doute après extinction, traînait un relent d'huile. Mais, tels quels, la nef et le chœur, imprégnés d'humanité, exhalaient la prière, la foi crédule et naïve, l'âme du peuple sénile et enfantin. Une atmosphère tiède et profondément douce prenait lentement le cœur ; si pauvre que fût le lieu, on se sentait dans la maison du Bon Dieu.

Les femmes s'étaient penchées très bas, et les deux jeunes hommes, debout et immobiles, examinaient: Jean, la jolie ligne de corps de Colette, Raymond, les verrières colorées. S'il détournait ainsi la tête de Minnie agenouillée, c'était par une délicatesse d'instinct ; un regard, même de sympathie, lui eût semblé indiscret en se portant sur ce qu'une prostration de femme en prière comporte d'indéfinissable abandon et de ferveur touchante.

Toutefois, en repassant devant le bénitier, il rendit à la jeune fille l'eau bénite qu'elle lui avait donnée.

Dehors, le grand jour les éblouit et malgré la splendeur de la lumière, ce fut presque un dépaysement pour lui, et, il le supposa, pour Minnie aussi, au sortir de cette ombre religieuse où leurs pensées avaient dû être à l'unisson. Leurs yeux se cherchèrent et immédiatement s'évitèrent, comme si cette petite rencontre si simple eût manqué aux lois de la correction. Elle avait rougi légèrement, rosi plutôt, d'une lueur de fleur, car tout en elle était ainsi furtif, nuancé de tons subtils, et le mystère attirant de sa personne était fait de cet on ne sait quoi d'inquiet et de fragile qui fulgurait et mourait en fluides reflets d'âme.

On ne descendit pas par le même chemin, mais par une rampe de terre en colimaçon, bordée d'un parapet, et qui côtoyait de grands murs tristes. La pente étant rapide, Raymond donnait de nouveau son bras à Minnie.

« Dans la première rue dont vous voyez un peu plus bas le coin, — dit-il, — demeure tante Goulette, la vieille mère de mon matelot, je vais lui en porter des nouvelles. Bien que ce ne soit que son fils d'adoption, elle l'aime passionnément. Elle ne parle qu'en patois, vous ne la comprendrez pas ; mais ses traits sont si expressifs quand il s'agit de son enfant que vous devinerez ce qu'elle dit, rien qu'à la regarder. »

Colette les avait rejoints :

« Ah ! vous savez, — dit-elle, — ça n'est pas précisément brillant chez tante Goulette, bien que ma mère et mon frère veillent à ce qu'elle ne manque de rien, elle n'a jamais voulu interrompre son commerce et il n'est pas des plus recherchés ; elle achète des peaux de lapin. »

On arrivait devant une petite maison basse, à porte étroite. Sur une chaise, un vieillard paralytique se chauffait à l'unique rayon de soleil qui tombait de biais dans la rue obscure.

« Vous voyez ce pauvre homme, — dit Raymond à voix basse, — tante Goulette, qui a la folie du dévouement, l'a adopté comme elle a adopté mon matelot. Elle le nourrit et prend soin de lui. »

Il répondit d'un bonjour au salut tremblotant du vieux et demanda :

« Tante Goulette est là ? »

Il frappait à la porte, en même temps. Une très vieille femme parut, le teint boueux et couturé, les yeux éteints ; elle portait sur sa tête le grand chapeau de paille des paysannes. Elle regarda Raymond et le beau monde qui l'accompagnait, leva les bras en l'air avec un *Moun Di...* aigu, à la fois joyeux et plaintif, ses yeux fanés s'avivèrent, et un reste de sang colora sa vieille carcasse de figure. Des syllabes provençales, chantantes et accentuées, se pressèrent dans sa bouche. Colette les traduisait à Minnie :

« Elle n'offre pas d'entrer, parce qu'elle dit que ses peaux de lapin ne sont pas habituées à recevoir de si belles visites. Vous entendez, elle parle de son fils, elle demande quand il reviendra, elle l'appelle : « Mon beü Marius ! » Elle demande s'il va bien. »

Elle ajouta :

« C'est vrai, que ces peaux de lapin... » et elle entraîna Minnie un peu en arrière, en réalité pour permettre à son frère de donner de l'argent à la vieille femme, sans qu'on le vît. Elle se défendait, alléguait qu'elle n'avait besoin de rien. Il répéta :

« C'est de la part de Marius, c'est sa paye. Il veut que je vous la remette. »

Et vivement il prit congé, pour se soustraire aux protestations de tante Goulette. Mais elle le rappela et souriant à Minnie, elle dit quelque chose que celle-ci ne comprit pas, elle entendit seulement le mot « poulido damisello », prononcé avec admiration ; déjà la vieille femme avait disparu dans la pièce obscure, où l'on distinguait des peaux de lapin écorchées, pendues au plafond et des chapelets de piments rouges et d'oignons, elle ressortait immédiatement, tenant un bouquet d'œillets frais qu'elle retira d'un verre d'eau dans lequel il plongeait. Elle le tendit à Raymond en patoisant et en regardant Minnie avec un bon sourire de vieille.

Elle portait sur sa tête le grand chapeau de paille des paysannes.

Colette expliqua :

« Elle vous prie d'accepter ces fleurs, elle s'excuse de ne pas en avoir assez pour tout le monde, elle dit qu'elle les offre à vous, parce qu'elle vous voit pour la première fois et que vous êtes jolie comme « oune fiançado. »

— Merci, — dit Minnie, — merci. » et elle prit les œillets de la main de Raymond et les respira en disant : « Ils sentent bon, très bon. »

La vieille agitait la tête très fort en souriant d'une bouche sans dents, le paralytique intéressé souriait aussi, et c'était, sur ces deux visages de terre, comme un peu de lumière sur des ruines.

« Adieu, — dit Raymond, au revoir ! »

La descente reprenait, se précipitait vers la campagne, aboutissait à une avenue de platanes auxquels quelques feuilles de cuivre pendaient encore. Un bruit d'eau vive glou-gloutait dans le fossé, et le battoir d'une lavandière accroupie et trempant son linge dans ce fil clair coupait le soleil riant de la matinée. On apercevait mieux la rivière, au bout de prairies rases sillonnées de canaux ; elle serpentait entre des tamarins, des roseaux à panache, des joncs. Et tout à coup le petit port apparut et la plage de sable infinie, qui s'en allait en faucille géante, jusqu'au cap, où sombrait en promontoire le premier plan des montagnes.

« Quel charmant petit coin, — dit Minnie, en étendant son ombrelle vers le port. — Nous ne soupçonnions pas cela non plus, maman? »

C'était une menue place de village plantée de mûriers, des cordes se tendaient d'un arbre à l'autre, et des linges de pêcheurs y séchaient. Quantité de barques retirées sur la grève bordaient la courbe du port, un port d'enfants, où il semblait qu'un seul grand bateau n'aurait pu tenir, et que fermaient en pinces de crabes deux petites jetées, sur fond de roches. Un phare dominait celle de gauche, sur laquelle deux douaniers, d'un pas rythmé, se promenaient les mains dans les poches. Sur celle de droite, à la pointe, se tenaient M. Ferrier et ses enfants, et une bande de gamins couraient à toutes jambes sur les blocs de pierre unis sans parapet, en enlevant un cerf-volant. L'un d'eux trébucha, faillit dégringoler dans les rochers à fleur d'eau qui soutenaient la jetée.

« Mon Dieu! » fit Mme Rugles, mais déjà le galopin se cramponnait des genoux et des mains avec une souplesse de jeune chat, bondissait et rattrapait les autres en courant.

« Vraiment, — reprit-elle, — j'ai eu peur, je ne comprends pas que les mères de ces enfants les laissent ainsi courir au-dessus de l'eau, un malheur est si vite arrivé.

— Voilà Jeanne et Andrée qui nous font signe! — dit Colette. — Allons les rejoindre.

— Oh! — dit Mme Ferrier, — je n'aime pas beaucoup les voir là; pour moi, je n'y vais pas, et nous ferions mieux de les attendre ici.

— Mais, maman, quel danger veux-tu qu'il y ait? la jetée est large comme un chemin.

— Eh bien! allez, mais pas d'imprudence, » et Mme Ferrier et son amie restèrent sur la plage, à regarder la façon dont un pêcheur, assis par terre, raccommodait son filet, tandis que Raymond, Minnie, Jean et Colette s'aventuraient sur l'épais ruban de pierre. De droite et de gauche, des quartiers de rocher élargissaient l'assise de maçonnerie, plongeaient en des transparences d'eau verte ou en des opacités d'eau bleue. Déjà les deux bandes allaient se joindre, et Jacques et Lucien couraient au-devant des arrivants, quand des cris aigus s'élevèrent. Jean et Raymond se retournèrent effrayés, ne virent que la bande de polissons qui à toutes jambes venait à eux, le cerf-volant envolé, tanguant par brusques coups de tête dans le ciel.

Celui qui le tenait se retourna pour l'admirer; un faux pas de ce galop aveugle le jeta hors de la ligne droite, il buta dans le vide, dégringola les roches et en un plouf! rejaillissant, tomba à l'eau sans lâcher la cordelette qu'il entraîna avec lui.

Une clameur consternée, des Oh! Ah! des *Bou Diou!* les cris affreux des deux mères restées sur le bord, cela ne prit qu'une seconde : un second plongeon éparpilla dans l'air des gouttelettes de soleil, l'eau du port s'ébrasa en grands remous, une agitation de corps obscur sombra dans la profondeur, on ne vit plus rien que la nappe bleue et l'on constata alors seulement, tant la chose avait été rapide, que c'était Raymond qui venait de se précipiter à l'eau tout habillé.

Un affreux silence d'attente pétrifiait sur place les Ferrier, Jean et Minnie, les enfants, on n'entendait que les cris désespérés de Mme Ferrier, clouée sur la plage par l'épouvante. Le pêcheur au filet accourait à toutes jambes; au milieu d'une angoisse indicible, le corps obscur et mouvant reparut sous l'eau, et l'on vit, sous une face ruisselante, une barbe d'eau qui crachait de l'eau, deux bras qui étreignaient un paquet inerte. Le pêcheur se penchant dans les roches saisit l'enfant, et Raymond s'accrochant aux aspérités respira, puis, aidé de M. Ferrier, remonta en glissant avec effort, comme si la mer le tirait en arrière, sous le poids de ses vêtements trempés. Il se frottait l'épaule, et quand son beau-père le serrant dans ses bras, lui dit :

« Quelle peur tu nous as faite ! — il fit une grimace de douleur.

— Tu es blessé ?

— Je ne pense pas, mon épaule a porté sur une roche, cela m'a meurtri un peu, mais ce ne sera rien.

— Ta pauvre mère ! »

Raymond se passa la main sur la figure, tordit sa barbe comme un linge, secoua ses mains et sans regarder personne, courut à sa mère que soutenait Mme Rugles, et qui, chancelante, à mi-chemin de la jetée, semblait prête à défaillir.

« Ah ! mon enfant ! mon enfant !...

— C'est beau, ce que vous avez fait là, — s'écria Mme Rugles exaltée, — mais quelle émotion pour votre maman ! J'ai eu une peur ! »

Du monde accouru les entourait, des fenêtres s'ouvraient, on s'exclamait autour d'eux.

« Comment est l'enfant ? — demanda Raymond en le cherchant des yeux.

— Il vit, monsieur Ferrier, il vit, — s'écria le douanier-chef qui accourait, — on vient de le transporter dans le corps de garde et on lui donne des soins. Il en avait bu de l'eau salée, le « poverino » !

Et cet homme qui portait sur la poitrine la médaille militaire et la croix de la Légion d'honneur, vieux soldat à la

— ILS SENTENT BON, TRÈS BON.

face coupée d'un revers de sabre, ajouta :

« Monsieur Ferrier, voulez-vous me faire l'honneur de me permettre de vous serrer la main? Mais ne restez pas ici, en-

ET TOUT A COUP LE PETIT PORT APPARUT.

trez dans le corps de garde, un verre d'eau-de-vie vous remettra!

— Non, non, — dit Raymond, — je n'ai besoin que d'aller me changer!

— Une voiture, monsieur! — s'écria un des cochers attirés avec le reste de la foule et qui montra son coupé attendant.

— Monte, mon enfant, rentre vite, je vais t'accompagner, tu as besoin de linge chaud.

— Tenez, — dit le douanier-chef, — enveloppez-vous au moins de ma capote. »

Il la prit vivement dans le corps de garde, la jeta de force sur les épaules de Raymond, qui, désireux de se soustraire aux commentaires de la populace, aux cris des commères, aux félicitations des douaniers, ne put s'empêcher de redemander :

« L'enfant ne court aucun danger, n'est-ce pas?

— Bah! demain il courra encore avec son cerf-volant! dit le brigadier.

— Il n'avait pas lâché la ficelle, pas moins! — déclara le pêcheur qui ajouta : — Ah! voilà sa mère qui accourt! Et son oncle! Ils veulent vous remercier, monsieur!

D'autres voix crièrent :

« *Véqui* le médecin!

— Viens, Raymond, viens! » répétait Mme Ferrier, éperdue et comme hors d'elle-même de bonheur et de crainte; si son fils allait prendre une fluxion de poitrine, maintenant! Il n'avait pas moins hâte de se dérober à la reconnaissance des parents, et faisant monter bien vite sa mère dans la voiture, il y sauta à son tour.

Alors seulement, sortant du cercle de la foule, Mme Rugles et M. Ferrier se regardèrent. M. Ferrier était pâle, Colette secouée de sanglots, les autres enfants tout remués d'émotions vives.

« Allons, — dit-il, essayant de reprendre son sang-froid, — rentrons! Tout a bien fini. »

Il eut un petit rire nerveux, qui voulait ramener la gaîté et n'y réussit pas. La secousse était trop récente encore.

Mme Rugles répétait, frappée :

« En un instant! en un instant! Cela s'est passé comme un rêve! Ah! le brave cœur! vous êtes fier de lui, n'est-ce pas? »

Elle se rapprocha de sa fille qui ne disait mot, les yeux voilés, le souffle insensible, la vie figée en une pâleur de cire :

« Tu as été bien émue, ma chérie? »

Raymond, déja habillé, se tenait accoudé au balcon.

Minnie ne répondit pas, ses doigts vibraient d'un petit tremblement, ses lèvres battirent faiblement. Colette lui ceignit la taille de son bras, et toute secouée d'agitation convulsive :

« Ah ! mon Raymond, n'est-ce pas que j'ai raison de l'aimer ? »

Elle ajouta, plus bas :

« Vous l'aimerez aussi, n'est-ce pas ? C'est beau, ce qu'il a fait là ! »

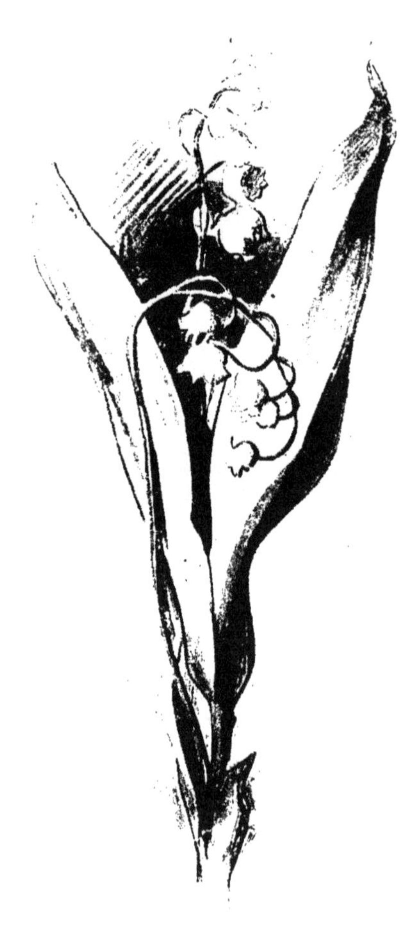

VII

« Tu ne dors pas, Minnie? »

Elles couchaient dans la même chambre; et Mme Rugles, dont le sommeil était léger, venait de se réveiller quelques secondes après sa fille, avertie par le son différent, moins régulier et plus fort de sa respiration, par un frôlement des mains sous le drap, par le vague déplacement de son corps vers une place plus fraîche.

« Non, maman.

— Tu n'as pas de fièvre, au moins?

— Non, maman. »

Un long silence succéda, qui fit régner l'obscurité tremblotante de la pièce éclairée d'une veilleuse, la vie un peu hallucinatoire des meubles, une appréhension informulée de leurs regards fouillant les coins d'ombre, le malaise de cette heure noire où l'on se sent mal protégé contre une agression de vol ou de meurtre, où les pensées se teintent d'un reflet de cauchemar et, redoutant l'insomnie stérile, aspirent à voir l'aube blêmir aux vitres.

En les entendant s'éveiller, une petite vie, roulée en boule sur un coussin, s'étira : le chaton noir poussa un miaulement faible, s'arqua en dos de chameau, s'allongea en lièvre, lissa sa fourrure, se piéta en un ramassement, et d'un bond sauta sur le lit de Minnie, vint frotter le nez à son nez, lui prit le cou entre ses pattes, lui mordilla le menton.

« Finis, Pierrot, finis. »

Maintenant il lui tirait les cheveux, lui saisissait le lobe de l'oreille.

« Oh ! qu'il est joueur, va, va taquiner maman !

— Non, non, » dit vivement Mme Rugles, qui craignait les chats et ne tolérait Pierrot que par bonté pour Minnie. — Et comme celle-ci sortait son bras du lit pour caresser la bête, elle lui dit :

« Ne te découvre pas, tu t'enrhumerais, les nuits sont encore fraîches. »

Elle ajouta :

« Si tu joues avec lui, tu ne pourras plus te rendormir.

— Est-ce que tu as encore sommeil ?

— Moi, non, ma nuit est faite, — dit Mme Rugles, — mais à mon âge, on n'a plus autant besoin de repos. Il est tard, du reste, ou plutôt grand matin. Dors encore, ma chérie, tu en as besoin.

— Oh ! je vais bien, maintenant, — dit Minnie.

— Oui, cet ozone t'a fait un bien surprenant, et le soleil et l'air. Aucun de nos amis ne te reconnaîtra, quand nous rentrerons à Paris. Qui nous aurait dit qu'en choisissant Saint-Frégose que nous ne connaissions pas, où nous n'avions aucune raison de venir en dehors des Essler, nous y trouverions un si bon climat pour toi, un si excellent traitement, un docteur aussi parfait, et des amis comme les Ferrier ?

— Ce serait curieux, — dit Minnie, — si à cette heure-ci Mme Ferrier ne dormait pas plus que toi. Qu'est-ce qu'elle a dû ressentir, lorsqu'elle a vu son fils se jeter à l'eau !

— J'ai cru qu'elle allait devenir folle, j'ai bien compris ce que j'aurais éprouvé, si, au lieu de M. Raymond, c'était Jean qui s'était précipité. Heureusement qu'il ne sait pas nager. Mais quand on songe au malheur qui aurait pu arriver, on a froid dans le dos ! »

Minnie reprit :

« Comme il a fait cela simplement, comme il s'est dérobé avec modestie ensuite, et toute la journée il avait l'air gêné et obsédé des éloges ! Colette m'a dit, à la troisième visite qui venait les complimenter, que son frère était dans le cas de repartir sans rien dire à personne, tant cela l'excédait qu'on le félicitât de la sorte.

— Oui, — dit Mme Rugles, — il a répondu au maire qui venait au nom de la municipalité : « Mais je n'ai aucun mérite, je savais nager ! » Il aurait pu se blesser cependant, ou rester pris sous les roches. Se représente-t-on un malheur pareil, ou encore ce que serait devenu ce petit malheureux, s'il ne l'avait pas repêché à temps ! Cela fait trembler. Vraiment, il n'y a pas de malheurs qui ne puissent se guérir ou auxquels on ne se résigne ; mais la mort de quelqu'un qu'on aime, voilà l'irréparable ! »

Le ton dont elle dit cela fit que Minnie songea à son père, pauvre dépouille enfermée sous la terre du petit cimetière de Mortefontaine, car elles l'avaient fait transporter là, pour pouvoir se sentir plus près de lui, l'été, fleurir sa tombe dans un enclos de paix, ne pas le savoir perdu dans la foule d'une des grandes nécropoles de la banlieue de Paris. Et par une association d'idées qu'elle ne put empêcher, elle pensa à Guy près de se marier, à son cousin désormais mort pour elle. Elle songea à lui sans dépit, sans amertume, avec une fierté triste mais courageuse. Pourquoi revoyait-elle, ensuite, l'obsédant de sa prestance mâle, de son regard timide et franc, de la noblesse native de sa personne, ce jeune homme qu'elle ne connaissait que de la veille, ce Raymond si différent de Guy, qu'il semblait n'avoir rien de commun avec lui non seulement par le dehors, mais par l'esprit et le cœur ? Pourquoi se répéta-t-elle sans y attacher de sens profond, — et sentant obscurément toutefois qu'il en avait un pour elle, — ce mot de sa mère :

« La mort seule de quelqu'un qu'on aime est irréparable ! »

Elle caressait machinalement le petit chat qui, blotti au creux de sa poitrine, au chaud de sa gorge, ronronnait, et c'était une douceur pour elle que de passer sa main sur ce poil velouté, cette peau tiède d'animal heureux.

« Quel âge a M. Ferrier? — demanda-t-elle tout à coup.

— Je ne sais pas, soixante-cinq ans peut-être. »

D'UN BOND LE CHATON NOIR SAUTA SUR LE LIT DE MINNIE.

Elle reprit, hésitant :

« Non, je voulais parler de son beau-fils.

— M. Raymond, mais il porte le nom de son père, M. Jermyn. Il a vingt-sept ans, on dirait qu'il a plus, tant il est robuste. »

Minnie ne répondit pas; ce que venait de dire sa mère correspondait à une impression qui l'avait frappée; c'est vrai qu'il lui inspirait par sa force calme et discrète, si peu qu'elle le connût, quelque chose de rassurant, une disposition à se fier à lui, à se sentir à ses côtés en une sécurité profonde, sentiment qu'elle n'avait jamais éprouvé auprès de Guy. Mais elle n'alla pas plus loin, soit qu'elle se défiât de juger Raymond avec trop de bienveillance et si vite, soit qu'elle ne voulût pas démêler ce qu'elle ne s'expliquait pas en elle, qui n'existait pas l'avant-veille encore et qui, depuis qu'elle l'avait vu, depuis surtout qu'elle avait eu si peur pour sa vie, l'agitait d'une façon incompréhensible et tenace. Ce fut en vain qu'elle essaya de mettre son trouble inquiet, son indécise obsession sur le compte d'une nervosité spéciale, d'un état qui la remuait toute, à l'ordinaire, accélérait le flux de ses pensées et aiguisait ses sensations, sur les mouvements d'un sang porté aux tempes et refluant au cœur, lui donnant des bouffées de vertige ou des martèlements de migraine; elle s'avouait, mais à son corps défendant, et avec une honte irraisonnée, la présence en elle d'une chose ou d'un être *inconnu*, qui l'angoissait comme une réelle et mystérieuse présence. Sa pudeur se révolta contre l'inexplicable assujettissement, mais quelque chose de fort et de *nouveau* ne s'en imposait pas moins à son esprit, à sa curiosité, à son cœur, à ses nerfs, à ses sens hésitants et en éveil de vierge.

« A quoi penses-tu? » demanda Mme Rugles, à qui ce silence, gros de pensées, fit soupçonner, non ce que Minnie ne pouvait encore savoir elle-même, mais une de ces rêveries absorbées et perdues où elle n'aimait pas que sa fille s'abandonnât, parce qu'elle avait peur de ne pouvoir l'y suivre ou de ne pas la retrouver, ensuite.

« Tu dors? — reprit-elle après un moment, pendant lequel elle n'avait reçu aucune réponse.

— Non, » dit lentement Minnie.

Mme Rugles ne la pressa point. L'idée ne lui était pas venue, en son ingénuité pure, que Minnie pût être hantée à ce point par le contre-coup de cette émotion brutale, ce sauvetage périlleux et imprévu, une vie risquée pour en sauver une autre. Elle croyait d'ailleurs que la jeune fille n'avait de souvenir que pour son cousin Guy. Elle ne soupçonnait pas que Raymond pût, d'une façon quelconque, grâce au contact insidieux de bons et quotidiens rapports, ou à la suite du drame heureux d'hier brusquant les sentiments et faisant s'épanouir du coup les sympathies, que Raymond pût entrer jamais dans leur vie. Sa probité, une délicatesse rare chez une femme ayant sa fille à marier, devant par conséquent songer à l'établir au mieux, l'eussent d'ailleurs empêché de se laisser aller à l'espoir d'une union possible, elle eût considéré un tel désir comme peu scrupuleux de sa part, comme improbable aussi, la dot de Minnie étant trop peu de chose en comparaison de la fortune du jeune homme. Sans doute cependant, un si beau rêve admis, ou simplement conçu, elle n'aurait su se défendre d'un regret, et, tout en en faisant noblement son deuil, eût peut-être soupiré, car n'y eût-il pas eu là de quoi combler tous ses vœux? Mais, pour l'instant, elle n'y songea point; toutefois le silence méditatif de Minnie l'inquiétait; de nouveau elle demanda, tout bas :

« Tu dors? »

Et tout bas aussi, celle-ci répondit :

« Non. »

« Elle doit penser à Guy, » se dit Mme Rugles, qui, en un mouvement de rancune contre les Davenne, fit crier en se retournant son sommier sous le poids de son grand corps. Elle aperçut alors la vitre qui prenait, entre la fente des rideaux, la teinte livide du jour.

Raymond, qui se levait de grand matin, était déjà habillé et se tenait accoudé au balcon de sa fenêtre ouverte, dans la fraîcheur vive de ce printemps d'hiver où la terre sentait bon, quand il entendit frapper à sa porte.

Sa mère en robe de chambre entra :

« Bonjour, maman, mais quelle heure est-il donc?

— Il est six heures, tout le monde dort encore, mais moi je n'ai pas fermé l'œil de la nuit, je t'ai entendu ouvrir tes volets, je n'y ai plus tenu, je voulais te voir.

Elle l'embrassa :

— Tu n'as pas froid? Tu es sûr de n'avoir pas pris mal? Oh! mon enfant, ce que tu as fait est bien beau, mais tu n'as pas songé que je pouvais te pleurer tout le reste de ma vie. Il me semble que maintenant je ne serai plus tranquille quand je te saurai sur mer. Me dire que tu peux exposer ta vie de nouveau, que tu la risques en tout cas, que tu peux toucher contre un rocher et couler à fond sans avoir le temps de te reconnaître — (elle frissonnait, bien que, paisible et rassurant, il la tînt dans ses bras, en souriant), non, je ne vivrai plus à l'avenir! Tu ne vas pas repartir, n'est-ce pas? Tu vas rester avec nous quelque temps. Je t'ai si peu vu, depuis hier, et il y avait des semaines que tu naviguais loin de moi. Encore aujourd'hui ne t'aurai-je pas à moi seule, mais je ne serai pas jalouse, les Rugles sont des amis très chers qui, j'espère, seront aussi les tiens; je veux croire que cela ne te contrarie pas trop de passer la journée avec eux? »

On était convenu, pour échapper aux visites et se reprendre, après l'inattendu, débordant un peu trop sur la vie ordinaire, de l'accident d'hier, de partir les deux familles ensemble, dans la matinée, et d'aller déjeuner à Toray, sur un coin de plage perdue.

« Pourquoi donc? » demanda-t-il.

Elle soupira :

« Tu es si sauvage, mon grand Raymond!

— Que veux-tu, je n'aime pas, il est vrai, les conventions plus ou moins hypocrites, les visites, les cancans envieux ou vaniteux, je n'aime pas les jeunes filles — oh! je sais bien ce que tu veux dire! — les jeunes filles coquettes, satisfaites d'elles, visant un mari, faussement sentimentales ou faussement ingénues, ou agaçantes d'impertinence. Mais qu'un être soit bon et simple, et je me sens immédiatement attiré vers lui.

Il rougit en disant cela, et sa mère le regarda avec attention en demandant :

« Alors Mme Rugles doit te plaire? »

Il répondit :

« Je la connais encore trop peu, mais la bonté de sa figure et la beauté de ses yeux parlent pour elle.

— Son fils n'est pas déplaisant, n'est-ce pas, quoiqu'il soit à l'âge ingrat des jeunes gens, content de lui, inquiet de l'effet qu'il produit, à la fois emprunté et hardi, mais il est bien doué. Tu lui plais beaucoup. »

Il abaissa la tête, en souriant.

« Et Mlle Rugles? » demanda-t-elle d'un air indifférent.

Il ne releva pas les yeux, et dit avec une simplicité, moins simple qu'à son habitude, un peu hésitante, du moins il le sembla à sa mère :

« Mlle Rugles ne ressemble pas aux jeunes filles que je connais

— En bien ou en mal? »

Il la regarda et rougit :

« Il ne m'est pas permis de la juger, mère, et c'est justement parce que je n'ose pas la juger que je sens qu'elle est différente des autres. Auprès d'elle je me sens intimidé, mais cependant sans inquiétude, sans préoccupation de paraître différent de moi-même et de feindre, par politesse, des sentiments que je n'ai pas. Je me sens *moi* auprès d'elle; d'ailleurs je sais que vous n'aimeriez pas tous autant cette famille si elle ne le méritait pas. »

Il avait parlé avec un mélange de franchise et de timidité, de sa voix un peu voilée et naturellement grave; cela lui allait bien, et donnait une noblesse virile à ses traits, en même temps que ses yeux limpides étaient ceux d'un enfant, qu'aucun amour équivoque n'avait attristé ou sali.

« Sais-tu que tu es très beau? — dit Mme Ferrier; elle lui avait mis les mains aux épaules, et l'admirait avec une ingénuité touchante, — grand comme tu es, je crois revoir ton père, mais il n'avait pas tes épaules. Quelle femme ne serait amoureuse de toi?

— Mère, les femmes n'ont pas ton indulgence, aucune ne m'aimera comme tu m'aimes.

— C'est bien vrai, mon enfant, mais elle t'aimera autrement, et toi, tu ne m'aimeras plus autant. Du moins, que je puisse te voir heureux! Tes sœurs se marieront et laisseront la maison vide. Tes frères feront au dehors leur éducation et leur carrière. Je vieillirai, avec l'excellent homme qui t'aime tant! Et c'est alors que des enfants de toi, qui me rappelleraient le temps où tu étais tout petit, me seront bien doux! »

Elle pencha la tête sur la poitrine de son fils, le serra dans ses bras :

« Tu es là, Raymond, tu vis, grâce à Dieu! mais depuis l'horrible peur que tu m'as faite, et que je ne te reproche pas, mon chéri, l'idée que tu aurais pu disparaître ne me quitte pas. Quelles idées folles j'ai eues cette nuit! Promets-moi que tu resteras plus souvent sur terre; ne te lasses-tu pas à la longue? Ce doit être monotone, cette vie sur l'eau? »

Il ne répondit pas, mais la baisa au front; ils restèrent un long moment cœur à cœur, sans rien dire.

— Ils ne rient pas, eux, — dit Mme Ferrier, — regarde-les.

VIII

Raymond et Minnie se saluèrent sans oser se regarder, ou à peine. Une pudeur, éclose dans la nuit, leur était venue Est-ce à dire qu'ils se sentaient mal à l'aise? Non, car ils étaient heureux, mais n'osaient se l'avouer; en proie à la gaucherie charmante de cœurs qu'un jeune et réciproque instinct attire, ils avaient le cœur léger et leur maintien paraissait plein d'embarras.

Quoi, si vite? Minnie reniait donc sa tendresse étouffée et meurtrie par Guy? Non, elle avait le cœur aussi plein, elle aimait, mais ne savait bien qui, et savait seulement que ce n'était plus son cousin. Et Raymond? Sa candeur un peu farouche abdiquait donc? Renonçait-il à son indépendance juvénile et sauvage? Il ne s'avouait pas du tout cela. Seulement la vue de Minnie le troublait. Il se tenait un peu en arrière des autres et furtivement épiait le balancement de sa démarche, l'ombre légère qu'elle projetait sur le sol, ou la blancheur saine de sa nuque sous l'or pâle des cheveux.

Son trouble, qu'il ne pouvait analyser, le rendit silencieux et coi tout le long du chemin, tandis que, joyeusement, les deux familles, avec des cris d'enfant, des rires étouffés de grandes fillettes, un bavardage de parents, descendaient la rampe qui menait au petit chemin de fer local qui conduit à Toray. Une fois qu'on eut, dans ce train minuscule, empli les deux salons de première, Raymond voulut se secouer et pour cela comprit qu'il devait parler à Minnie comme la veille. Rien ne s'y opposait sans doute?

LE PETIT TRAIN REPARTIT PAISIBLEMENT, TOUT GRÊLE AVEC SES TROIS WAGONS, DANS LA VASTE CAMPAGNE.

Que dit-il donc, quelle phrase quelconque? Il ne s'en rendit guère compte, mais tout confus de la voir rougir, il rougit de même; était-ce timidité, ou délicate sympathie en une commune pudeur?

Il éprouva alors cette singulière surprise que nous donne la conscience de l'instabilité du *moi;* hier, il était un Raymond calme et réfléchi, fort et paisible, aujourd'hui il se sentait un tout autre être, sans sécurité, sans sérénité, sans énergie. Il semblait que la fermeté de son cœur se fût dissoute, il se reconnaissait faible comme un enfant. Instinctivement, son regard eût été vers Minnie, mais ce n'était que d'intention, tant il craignait de lire dans ses yeux qu'une attention trop marquée pût lui déplaire; aussi son envie de la regarder était-elle si forte qu'il se privait de tourner la tête vers elle, rivait obstinément son attention sur le paysage que traversait à petite allure le train, avec de longs arrêts à des stations pareilles à des jouets, petits chalets pour boîtes, menues barrières se détachant au bord de routes solitaires, sur un fond de bois de pins ou au ras même de la mer, en plein sable.

« La belle matinée! — répétaient autour de lui des voix gaies. — La belle matinée! »

Oh! oui, radieuse, certes, et chaude, et légère, et pure, divine à respirer, et qui sentait les aromes verts, la terre rouge et l'âcreté fine de la mer. Le cœur de Raymond se dilata soudain, s'ouvrit à une joie de vivre intense, à un espoir imprécis, vague et immense. Il ne souhaita rien que de voyager ainsi toujours. Mais le petit train avait beau aller lentement, s'arrêter au milieu des bois, et avec cela faire beaucoup de fumée et siffler longuement sur la voie étroite comme un vrai train, il finit bien enfin par arriver à Toray, les laissa tous descendre et repartit paisiblement, tout grêle avec ses trois wagons, dans la vaste campagne.

Au bout d'une descente serpentant entre des champs de roseaux, les quelques maisons de Toray dressèrent leurs toits de tuiles mangés de rouille végétale, de mousse verte et brune. La mer des deux côtés débordait,

Le déjeuner fit diversion, ni l'un ni l'autre n'eut appétit.

ici plage de sable, là, bord de roches à fleur d'eau. La beauté du jour parut à Minnie toute nouvelle. Bien des fois depuis son rapide retour à la santé, elle avait admiré la splendeur suave de l'hiver provençal, s'était concentrée en cet attendrissement intime qui fait dire : « Comme il fait beau, comme il fait bon ! » Et cependant il lui semblait que ce coin de pays inconnu la veille lui révélait un aspect plus beau des choses ; des forces ignorées bandèrent ses jeunes muscles, elle respira avec allégresse, marcha d'un pas vif, une soudaine clarté d'aube dans les yeux. Que se passait-il en elle, n'était-ce que le contentement de se sentir guérie ou presque, cette ivresse d'une vie toute vierge qu'on a, au sortir des convalescences ; était-ce davantage, un bouillonnement de sève, un épanouissement d'âme aimante, souffrante d'aimer et avide d'aimer? Elle songeait avec une indicible pitié aux tristes malades qu'elle saluait, maintenant, d'un petit signe de tête, en entrant à l'*Inhalatorium;* ils ne guériraient point, malgré la foi avec laquelle, la narine avide et les yeux sans pensée, ils aspiraient le gaz vivifiant ; elle se rappelait leurs lentes promenades, leurs repos de lézards, au soleil, et comme ils rentraient prudemment, emmitouflés de châles, au premier frisson de quatre heures. Elle, au contraire, pouvait braver l'instant traître, l'humidité qui s'exhale des eaux laquées de teintes crépusculaires, alors que le firmament se nuance délicatement de mauve, que les monts se découpent noirs sur fond d'or ou ciel rouge, que la mer n'est plus qu'un grand miroir givré d'argent, et qu'une seule étoile scintille à l'Occident, comme un petit diamant blanc. Sa pensée se teinta alors de mélancolie ; un reproche, ou du moins un regret, se mêla à sa joie pourtant si légitime et si naturelle, mais ce ne fut que l'ombre d'un nuage. Si d'autres souffraient, elle aussi avait souffert. Pourquoi n'aurait-elle pas eu droit au bonheur, un peu?

Cependant, toute à la précieuse minute, absorbée en elle même, elle savourait la chaleur douce, la clarté : tout lui semblait bon, bien heureux. Elle trouvait plus séduisants les visages de ceux qui l'entouraient, les intonations de leurs voix prenaient à ses oreilles quelque chose de plus caressant. Raymond marchait derrière elle, un instant elle se retourna pour cueillir une rose de haie, et reçut en plein visage, en plein cœur son regard ; cela lui fit l'effet d'un choc, et cette secousse nerveuse ne lui laissa revoir qu'un instant après la forme matérielle de cette vision, les beaux yeux qu'avait le jeune homme, d'un bleu doux mais profond, et toute la mâle jeunesse de son corps, sa noblesse native. Elle s'était retournée bien vite, honteuse comme s'il l'avait surprise en déshabillé, mais cette honte n'enlevait rien, au contraire, à sa satisfaction de se sentir là, au même moment, de sentir elle, et de se dire qu'elle était cette même Minnie qui, au commencement de l'hiver, était arrivée si frêle, si triste, si découragée, en ce pays de langueur et de soleil pour malades. La même? Non, une autre très certainement. Et pourtant... Elle aussi connut la stupeur, non sans charme, de se chercher sans se reconnaître et de se reconnaître en ne se retrouvant plus.

Malaise unique, angoisse exquise, jusqu'au soir Raymond et Minnie traînèrent sans le savoir l'amour qui couvait en eux ; s'ils se parlaient, ils rougissaient, ou détournaient la tête, ou bien s'étant regardés, ils sentaient une douceur les pénétrer, une douceur si douce qu'ils eussent voulu arrêter l'heure et faire que cette journée durât toujours. Que se disaient-ils? Rien de bien particulier. Cherchaient-ils à se rapprocher l'un de l'autre? Non, et surtout ils craignaient de s'effleurer. Cependant ils ne restaient guère séparés, car un attrait les aimantait réciproquement, mais dès qu'ils avaient échangé quelques mots, il leur semblait que tout le monde les regardait, allait deviner leurs obscurs sentiments ; ils essayaient alors, mais sans succès, de s'éloigner.

Le déjeuner fit diversion, ni l'un ni l'autre n'eut appétit ; et cependant, sous l'ombre épaisse et noire d'un pin parasol monstrueux, au frais d'une petite auberge, en plein air, le repas était bien fait pour la gaîté des bouches qui rient et qui mordent, pour le jeu vivace des dents blanches et la prestidigitation des fourchettes.

La bouillabaisse jaune de safran, les poissons de roche aux tons d'arc-en-ciel, la langouste pourpre, plus encore, l'entente cordiale, l'affectueuse causerie, tout invitait au joyeux plaisir de manger toute sa faim et de boire un doigt de trop de vin blanc ou de l'Asti mousseux ; mais Raymond et Minnie n'avaient ni faim ni soif, et on le remarqua, mais ce fut sans rien dire.

Seulement, quand on eut été chercher l'ombre d'un bois de pins et qu'on fut s'étendre sur les petites herbes sèches et le gazon étoilé de pâquerettes, le dos à la colline et les yeux sur la mer où une voile orangée de bateau de pêche semblait l'aile à fleur d'eau d'un goëland, quand les fillettes et

DEBOUT, PRÈS L'UN DE L'AUTRE, ILS REGARDAIENT...

COLETTE, D'UN BOND DE BICHE, TOMBA ENTRE EUX.

les garçons se furent mis à jouer aux quatre coins, et que Jean et M. Ferrier fumèrent en se promenant, Mme Ferrier montra à sa vieille amie d'un signe de tête Minnie et Raymond.

A l'écart, debout près l'un de l'autre, ne se regardant pas, ne se frôlant pas, ne se parlant même pas, ils regardaient devant eux le ciel et l'eau.

« Ne trouves-tu, — dit elle à mi-voix,

— qu'ils feraient un couple bien assorti ? »

Mme Rugles la regarda, stupéfaite, et voyant qu'elle souriait, crut à une plaisanterie.

« Tu veux rire?

— Ils ne rient pas, eux, — dit Mme Ferrier, — regarde-les. Tu sais, on a vu des choses bien plus extraordinaires. Ils reviennent vers nous ; comme ils ont l'air pensif ! Ta Minnie est jolie comme un cœur, en ce moment.

— Pour Dieu, ma chère, — dit tout bas et vivement Mme Rugles, — pense à ce que tu dis?

— Eh bien ! où serait le mal?

— Le mal, ah ! Noémie, ce serait un trop grand bonheur, tu n'as pas songé...

— Chut ! — dit Mme Ferrier, — les voici... »

Ils sourirent à leurs enfants qui, graves, avec des yeux singuliers et clairs, intenses et humides, leur souriaient, de cet air de bonheur trouble où il y a en suspens du rire et des larmes.

Un bond de biche tomba entre eux. Colette, qui avait disparu, s'agenouilla devant les mamans, ses mains pleines de pétales blancs et rosés.

« Les amandiers sont en fleur — dit-elle, — il y en a tout un champ, là-bas, des roses, des blancs, et ça sent bon, ça sent fin, ça sent doux ! Respirez, papa, voyez donc !

— Ils sont en avance, — dit M. Ferrier ; — qui croirait, quand la neige tombe à Paris, qu'ici c'est déjà Avril?

— Avril, — répéta sa femme en souriant, tandis que Colette, portant les pétales au visage de Minnie et de Raymond, les forçait à sentir, eux aussi, les gracieuses fleurs à peine nées, en criant :

— Avril ! Avril ! »

A Camille de Sainte-Croix

Lorsque notre ami succomba à la maladie de cœur qui le ravageait depuis plusieurs années, on procéda à l'inventaire de ses papiers. Soigneusement enveloppé, et portant pour suscription mon adresse, un manuscrit fut trouvé. C'étaient de courts mémoires : ils ne m'apprirent rien, car j'avais connu les grandes douleurs de cet homme ; mais en même temps ils répondaient à des calomnies propagées par des amis, accréditées dans ce que l'on convient d'appeler « le monde ». Je n'ai eu qu'à substituer aux noms réels, des noms d'emprunt, et, sûr de ne point violer la confiance du mort, mais d'éclaircir des faits, trop connus, mal connus, je publie ces pages, que l'auteur laissa sans titre, et que j'intitule, ici, faute de mieux :

La Confession posthume

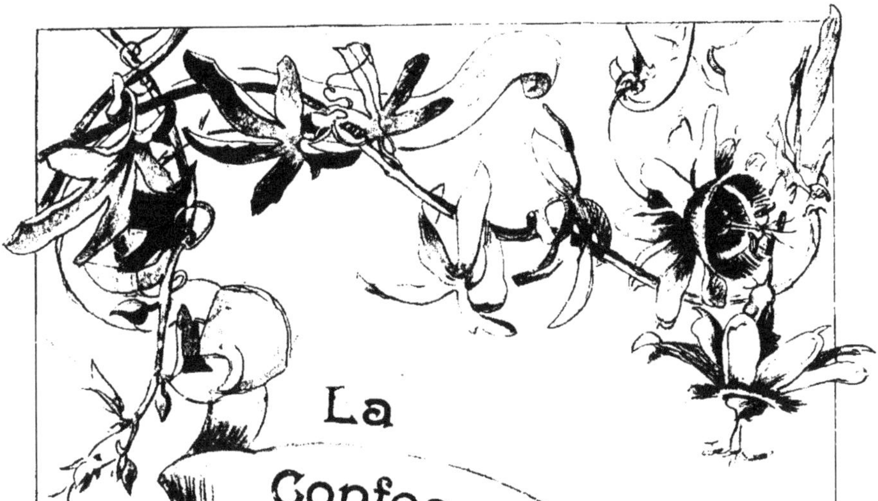

La Confession posthume

Une svelte et mince jeune fille sortit d'un coin d'ombre.

I

Rien n'est si difficile que de peindre d'après nature et de conter selon la vérité. Avec un peu d'imagination, on écrivait les romans d'il y a trente ans ; avec beaucoup d'observation, on fabrique les romans de cette seconde moitié de siècle. Si je devais ici faire œuvre littéraire, quoique ce ne soit point mon métier, je pense que je m'en tirerais sinon éloquemment, du moins avec cette facilité qui fait dire au lecteur bénévole : « Voilà un livre intéressant, et joliment écrit. » Loin de là, je me propose de noter, *pour moi seul*, comment mes idées et mes sensations originelles se sont modifiées et détruites, au gré d'événements, peut-être fortuits, mais, je le crois, inévitables. La seule qualité que je puisse donc requérir de moi-même, c'est la sincérité absolue. Or, il est presque impossible d'être sincère, je ne dis pas seulement envers les autres, mais envers soi-même, quand même l'amour-propre ne nous leurrerait point, c'est chose malaisée de découvrir les mobiles véritables de nos actes, car ils s'enchevêtrent et se juxtaposent illogiquement.

Comme j'ai toujours attaché peu de prix à la vanité sociale, j'aurai tout dit de moi en rappelant que mon nom, celui d'une vieille famille de robe, était honorable, ma position indépendante, ma fortune bornée à une quinzaine de mille livres de rente.

Les deux événements d'où sont nés les malheurs de ma vie, mon premier et mon second mariage, auraient-ils pu être évités? Je ne sais. Cependant, en laissant une grande responsabilité au hasard ou au destin, il me semble que je n'ai point assez agi, dans un sens ou dans l'autre, et qu'à tous les instants m'a manqué la force de volonté.

Ce qui domine en moi, est l'horreur d'agir et la paresse de vouloir. Les tempéraments ainsi formés peuvent servir aux intellectuels, hommes de cabinet, peintres et poètes; mais pour la vie courante, ils sont impropres et incomplets.

Mon enfance fut celle des petits êtres délicats, fragiles, dépaysés dans le troupeau brutal des écoliers. A l'âge où les autres se livrent à des exercices bruyants, je me promenais mélancoliquement, les mains derrière le dos, poussant du pied les cailloux, avec une énergie qui faisait rire mes camarades. Dans le vulgaire milieu d'un lycée de grande ville, à T..., j'eus un avant-goût précoce de la platitude et de la lâcheté générales. Mes amitiés, assez rares, ne furent point banales, et l'on m'y causa toujours du chagrin.

Je fis de bonnes études, mais ne les poussai point assez avant pour devenir écrivain ou professeur. Mon goût réel pour les lettres me faisait sentir plus vivement qu'à d'autres la beauté des auteurs classiques; mais si je fis de grands rêves et conçus quelquefois des idées originales, l'impossibilité de m'exprimer, en une langue claire et harmonieuse, m'arrêta toujours. Je sortis donc du lycée sans m'être décidé d'avance à une position.

Mon père était mort depuis dix ans, ma mère habitait l'Anjou, au fond d'un vieil et étroit château, ceinturé d'un grand parc. Impotente, elle passait ses journées, étendue sur une bergère, en face d'une glace ornée d'amours, où elle mirait, sans y prendre garde, son visage pâle et aminci. Elle tenait ce domaine de ses parents. Demoiselle noble et sans fortune, elle avait épousé d'amour mon père, dont les grands succès oratoires illustrèrent le nom plébéien. Je fis mon droit, par condescendance filiale, et vécus six ou sept ans à Paris, jusqu'au terme des examens.

Je m'amusai, comme la plupart des jeunes gens, sans grand plaisir et sans folles dépenses.

Loin d'aller dans le monde où deux salons m'étaient ouverts, celui du député Ellia et celui de mon cousin Mayence, directeur d'un journal du boulevard, je ne fis, ici et là, que des apparitions rares et courtes.

Chez le député, s'assemblaient les cabotins de la politique, êtres que, d'instinct, je méprisais. Chez mon cousin, se pressaient les cabotins du journalisme, de la poésie, du roman, du théâtre et des arts. Et chez l'un et chez l'autre, aux grandes soirées, des acteurs véritables, engagés à cet effet, disaient des monologues ou récitaient des vers.

Je ne trouvai guère de sincérité que chez quelques bohèmes de lettres, avec qui je me liai un soir, dans un cabaret assez bizarre, sis au haut de Montmartre : deux d'entre eux sont devenus célèbres, le poète Louis Aliel, et l'âpre polémiste, d'Espérabert.

Je me pris aussi d'un goût profond pour la musique.

La femme, naturellement, fut mon plus impérieux désir : les livres nous peignent l'amour sous des couleurs telles, que le plus rustre, en songeant aux tourments de la passion, aux voluptés et aux désespoirs extrêmes dont elle s'accompagne, se sent mordu de curiosité et dévoré d'orgueil et d'envie. Effectivement, tout nous flatte dans l'amour, et ce qui le rend si doux n'est que notre impérissable amour-propre. J'eus donc des femmes, en commençant, hélas! non par l'adoration ingénue d'une vierge, mais par la satisfaction grossière de mes sens. Filles de brasserie, prostituées plus riches dont les robes de soie traînent dans les lieux publics, demi-mondaines ayant hôtel et voiture, femmes de vertu commode, veuves ou divorcées, épouses mal assorties, et leurs caméristes, actrices et bas-bleus, j'eus, n'étant ni laid ni pauvre, tous les simulacres d'amourette, de caprice, de passion même, et de dépravation aussi, que peut souhaiter un don Juan banal, de bonne famille, à vingt-cinq ans. Ce qui, à chaque aventure nouvelle, me troublait et m'inquiétait, c'est la parfaite placidité de mon cœur. Quand on a vieilli, on trouve que c'est grande pitié, ces fantaisies sans ardeur, et cette défloraison salissante de toutes les virginités de l'âme et du corps.

Un doute s'emparait de moi ; et ne l'ayant pas éprouvé, j'en vins à nier l'amour. Aux deux salons où je me rendais, si rarement que ce fût, que voyais-je?

Chez mon cousin Maxence, la femme blonde aux épaules de neige, se prostituer, déjà mère de trois enfants, aux plus riches actionnaires du journal. Par là s'entretenaient le train luxueux de la maison, la splendeur des toilettes de Worth, et le paiement, par acomptes, d'un petit hôtel aux Champs-Elysées. Le mari dont la seule fortune consistait en appointements directoriaux, consentait, j'en eus la preuve, et s'entremettait lui-même avec beaucoup de gravité, aux affaires amoureuses et commerciales de sa femme.

MA MÈRE HABITAIT L'ANJOU, AU FOND D'UN VIEIL ET ÉTROIT CHATEAU.

Dans le salon politique, le député, un maigre homme brun, avilissait, froidement, sa dignité de mari et de père, en s'affichant au dehors avec des drôlesses, chez lui, auprès des femmes de ses meilleurs amis. D'un grand avenir politique, mais sans prestige physique, il ne pouvait ainsi plaire que par la sincérité de son vice, et l'entêtement sadique de son regard ; peu de femmes lui résistaient. Son intérieur n'en était point troublé : Mme Ellia, plus âgée que son mari, devenue énorme et dévote, se consolait ; et la fille, disait-on, âgée de dix-sept ans, et parfaitement élevée, leur témoignait une soumission d'esclave.

L'enchaînement des circonstances, de

leurs causes et de leurs effets, a quelque chose d'inexplicable. Pourquoi, comment, deux êtres qui ne se sont jamais connus, éprouvent-ils, en s'apercevant la première fois, une sympathie, et presque une familiarité de vieilles connaissances? Comment, dans une foule, un homme et une femme peuvent-ils se chercher des yeux et échanger un monde de pensées intimes? Pourquoi un nom, prononcé tout haut, vous trouble-t-il, comme l'annonce d'une joie ou d'un malheur? Pourquoi, mis en présence d'une étrangère, pressent-on immédiatement que l'avenir, non décidé jusqu'alors, se détermine soudain, suivant une fatalité qui ne déviera point? Entre tant de milliers de routes, de ravins, de sentiers où l'on peut librement passer, pourquoi prend-on l'un plutôt que l'autre, et une fois engagé, ne peut-on retourner sur ses pas?

Cependant le sort de toute ma vie se décida dans une après-midi, par le plus absurde des hasards, comme je rendais visite à une vieille dame, amie de ma mère. La corvée était ennuyeuse, je l'avais retardée longtemps. S'il avait fait du soleil, j'aurais paressé encore, mais il pleuvait.

— Vous arrivez cinq minutes trop tard, me dit la vieille dame, Mme Ellia et sa fille sortent d'ici.

— Ah! fis-je avec la plus polie des indifférences.

— Elles venaient m'inviter à leur soirée, Judith y fera ses débuts dans le monde. Elle est grippée, la pauvre enfant, et laide à faire peur, tant ses yeux sont rouges et son rhume désagréable.

— Espérons qu'elle sera guérie! dis-je avec un intérêt simulé, et comprimant un bâillement involontaire.

« Judith, voici un nom de la Bible », pensai-je, et je me tournai vers la vieille dame qui entamait l'éloge de son chien, un griffon grisonnant, acariâtre et un peu sourd. Une suggestion trottait dans ma cervelle, et le souvenir me frappa d'un tableau du dernier Salon, — *Judith tuant Holopherne;* — très belle, cette composition d'un jeune coloriste acclamé : Judith, rousse, contemplait la tête coupée, avec l'indéfinissable expression d'une Hérodiade vengée.

— Vous n'êtes guère bavard, aujourd'hui, disait la vieille dame. Force me fut de répondre à ses paroles par des monosyllabes plus attentifs. Elle reparlait des Ellia, prononça à nouveau le nom de Judith, et trois minutes après, sans que rien marquât la transition de ses idées :

— Pourquoi ne vous mariez-vous pas? dit-elle.

A cela je répondis, sans trop me récrier, les banalités d'usage : rien ne pressait; j'étais ainsi, sinon parfaitement heureux, du moins paisible; il fallait aimer terriblement une femme, pour consentir à vivre avec elle, près d'elle, devant elle, matin et soir, pendant des années, jusqu'à la mort. Au reste, je plaidai sans vigueur, la question me semblait odieuse et me regardant de trop loin.

Je pris congé, à la grande joie du griffon, qui, dépossédé par ma présence du fauteuil, s'y blottit à nouveau, avec des grognements égoïstes. Le lendemain je recevais une carte d'invitation à la soirée des Ellia.

J'avais ce soir-là, précisément, promis de souper avec mes deux camarades de lettres, Aliel et Espérabert. Je donnai tort aux Ellia. Ils n'offraient point d'attraction, en somme : les débuts de leur fille ne me livraient à l'idée que le nom bizarre de Judith, et la vision banale d'une demoiselle enrouée, se mouchant continuellement. A sept heures, on sonna à ma porte; deux hommes vêtus insouciamment d'habits râpés, entrèrent, empreignant sur le tapis la boue du dehors.

Jean d'Espérabert était un beau garçon au torse mâle et à la fière allure. Son visage, dont le modelé rappelait le masque des Césars décadents, s'éclairait de deux yeux bruns piqués d'un point de feu, et pâle souriait, énigmatique comme un bronze clair et verdi. Un étrange contraste frappait en lui : sa force réelle et la félinerie de ses gestes; la rudesse cachée de son tempérament et la douceur timide de sa voix. Son âpre prose, perdue en de petits journaux, décelait un maître. Et il avait le rare mérite de ne point sentir l'encre ni la littérature; car il mettait la réalité, et vivre et agir, bien au-dessus de la fiction et de l'œuvre écrite. Borné dans la sphère étroite de la bohème, au lieu de manier hautainement des trésors, ou de chevaucher en altier capitaine d'aventures, il s'efforçait, en buvant de douteux alcools, en se dépensant en amours d'une heure, de tromper, par ce simulacre de pâture, la soif et la faim qui le tourmentaient de romanesque et d'aventures. Je m'attristais à le voir ainsi se blaser des joies réelles, par le dégoût que lui procuraient les fausses. Et j'aurais voulu qu'il se lançât, brillamment, dans le journalisme ou la politique; mais une incurable fierté l'avait jusqu'alors empêché de se vendre.

Aliel avait vingt ans de plus que son compagnon. C'était étrange de les voir inséparables, tous deux si différents. Malgré son irrécusable talent, et les éclairs de génie qui jaillissaient de sa face, non moins que des strophes harmoniques de ses poèmes, Aliel, tant admiré des gens de lettres, si inconnu du public, était en passe de mourir un jour dans la dernière misère, avec l'amertume suprême de songer qu'avec lui mourraient ses divins chants, inédits pour la plupart; car il avait toujours manqué des mille francs nécessaires à l'impression du volume, chez le célèbre éditeur des poètes. Il était petit, nerveux, portant moustache et barbe maigres. Ses pantalons ne tenaient jamais, et vingt fois par jour les omnibus risquaient de l'écraser. Il vivait halluciné, dévidant en paroles incohérentes, ou en vers d'admirable profondeur, un rêve perpétuel, et qui semblait lui sortir par tous les pores, tant ses yeux s'ouvraient, dilatés par la vision souveraine, et tant ses gestes, secs et fous, semblaient secouer dans l'air d'invisibles idées.

Tous deux, plantés sur le tapis, et mouillés jusqu'aux os, me faisaient peine; à nous rendre dans un cabaret banal, je préférai faire monter à dîner d'un grand restaurant voisin; nous prîmes place à un coin de table, le dos au feu, et avec une sincère gaîté.

Il y a dans la conversation des gens de talent un charme exquis, dont ne se doutent aucunement les maîtresses de maison, les gros bonnets de la finance ou de la politique. Des rêveurs, que l'on serait en droit de croire aigris, sombres et pleins de fiel, dépouillent, comme par magie, leur écorce, dès qu'ils se sentent en un milieu ami. Qu'un verre de vin généreux leur réjouisse le cœur, et, comme des enfants, ils s'échauffent, et voici lancés les dialogues spirituels, apartés drôlatiques, boutades aiguës, tirades passionnées et paradoxes pleins d'étincelles.

En les écoutant, Espérabert et Aliel, souvent l'idée m'est venue qu'ils payaient trop richement mon hospitalité, que c'était moi leur obligé humble; je me sentais honteux de n'avoir ni génie ni talent, de tirer mon seul mérite de ma facilité à vivre, et de cela vraiment pouvais-je me savoir gré? étant de bonne santé, et riche plus que suffisamment.

Plus d'une fois je m'étais juré d'obtenir pour Aliel une sinécure, dans quelque emploi administratif : mais quel titre avait-il? De vieux gens de lettres d'une valeur médiocre occupaient, il est vrai, de ces places, mais avec quelle peine et par combien de protections; encore, avaient-ils toujours gardé le décorum d'une pauvreté décente, et caché autant que possible leur esprit littéraire. Mais cet esprit-là, Aliel ne pouvait point le dissimuler, c'était son âme même, il ne pensait et ne vivait que pour la poésie. En lui, toutes sensations se transformaient en subites conceptions d'art, que formulaient des vers tristes et beaux, obscurs parfois et rayés de lueurs sublimes.

Ce soir, je leur posai la question : ils mouraient de faim, voulaient-ils que je les aidasse de mon faible appui? Si la place que je m'efforcerais de trouver ne leur convenait point, qu'en serait-il de plus? Ils la quitteraient, et tout serait dit. Il y eut un moment de silence, puis ils se regardèrent, et riant franchement, haussèrent les épaules, en disant avec une indifférence où leur accent marquait une gratitude :

— Faites comme vous l'entendrez!

Quelques jours après, je m'invitai chez mon cousin Maxence. J'avais toujours été surpris de le voir se répandre en doléances sur le manque de polémistes et de chroniqueurs de talent; et, muni de quelques articles que d'Espérabert m'avait, dans le temps, abandonnés comme autographes, je résolus d'en avoir le cœur net. La sincérité d'un directeur de journal me paraissait, je l'avoue, assez problématique.

Un ami que je rencontrai, de ces gens qui vous appellent : Très cher, et qui vous content étourdiment leurs bonnes fortunes et leurs secrets, me happa dans la rue et dit :

— Mon bon, votre absence a été remarquée, il y avait peu de monde chez les Ellia : j'ai fait danser la petite, eh bien! c'est... — et il me dit à l'oreille une grossièreté — car chez les gens polis, c'est un besoin cynique de déshabiller les femmes en trois mots.

J'arrivai de bonne heure chez les Maxence.

Il n'y avait au salon que les deux aînés des enfants de mon cousin, un petit garçon, blanc de peau comme un Anglais, roux de cheveux et frisé, et une petite fille bouffie, à grosses lèvres d'Allemande et cheveux de lin.

Ma cousine, en robe sombre, causait avec une dame massive, que je reconnus. Comme je saluais, je vis sortir d'un coin d'ombre une svelte et mince fille, dont le regard me procura une émotion singulière. C'était Mlle Ellia.

D'un instant je n'osai lever les yeux, et les siens, je le sentais, pesaient sur moi; quand je l'observai, elle ne détourna point son visage, et d'inexplicables pensées s'échangèrent entre nous. Je ne puis dire que je la trouvais jolie, non, ni laide, ni bien faite, ni désirable. L'aimais-je? point; et cependant quelque chose m'attirait à elle.

Un sentiment vif pour une femme empêche de l'étudier et d'observer impartialement, tant ses qualités et ses défauts que la couleur de ses yeux, ou la forme de ses vêtements; au cas où l'esprit voudrait se livrer à une investigation sérieuse, une immédiate transposition lui montre les choses autrement qu'elles ne sont, et plus belles.

Mais ici, je n'éprouvais rien de cela et ma faculté d'analyse restait indemne. C'était avec une tranquillité, voisine de l'indifférence, que je détaillais cette jeune fille, en même temps que l'observation brutale du quidam rencontré me tintait dans l'oreille. Le mot me semblait injuste, voilà tout; car Judith Ellia n'était point d'une maigreur ridicule, mais d'une finesse extrême et d'une minceur d'enfant avant la crise. Sa robe très simple et son petit corsage brun moulaient une taille sans souplesse native, mais droite et pure; tous ses gestes étaient sobres, corrects et suffisamment « femme ». Un visage ovale et d'une pâleur chaude s'encadrait de cheveux ondulés, d'un blond foncé et sans éclat. Ses dents se montraient à peine, si elle riait, blanches et petites, entre des lèvres d'un rouge terne. Ses yeux étaient doux et froids, d'un bleu couleur de violette fanée. De tout cela se faisait un air d'effacement, qui peut-être reposait le regard. Judith, dans un salon, fût d'abord passée inaperçue; mais ensuite le poète, le rêveur n'eussent observé qu'elle. Comme ces fleurs de tapisserie, qui de vieil or ou d'argent bruni, semblent un repoussoir aux soies vives et aux feuillages d'émeraude, et qui, à seconde vue, captivent la pensée par leur perfection un peu sèche et leur amortissement aristocratique.

Coup sur coup parurent Maxence, puis M. Laurent-Goulaîne, personnage très influent, haut placé dans l'Administration. Vint un banquier, actionnaire du journal, chauve, bouffi, à lèvres pendantes, un Allemand; puis un industriel assez jeune, d'origine anglaise, blanc de visage et roux. Tous deux embrassèrent les enfants, que le mari ne caressa qu'après, pour la forme. Mme Laurent-Goulaîne se fit attendre; elle était allée à la Chambre, accompagnée du secrétaire de son mari. Celui-ci tournait ses pouces avec ostentation, c'était un homme à barbe noire; on lui accordait la plus vaste intelligence; il ne semblait, en ce moment, témoigner que d'un appétit extraordinaire. Enfin sa femme et son cavalier parurent.

Le dîner fut servi.

D'abord Mme Laurent-Goulaîne et le secrétaire attirèrent mes yeux, par leur familiarité insouciante; ils se parlaient haut, ricanaient, avec une impudence habile qui, aux yeux de bien des gens, rendait improbable l'idée d'une liaison aussi ouverte, sous les yeux mêmes du mari. Mais il n'y prêtait aucune attention; on découpa une dinde rôtie, et grand fut mon étonnement de voir que M. Laurent-Goulaîne, ayant mangé ce qu'on appelle vulgairement le pilon, le reportait à sa bouche et se mettait à le sucer avec patience et minutie, et des petits grincements et des petits craquements, au point que l'os, de cinq minutes en cinq minutes, devenait d'une blancheur nette, lisse et éclatante.

Un silence gêné commença, les regards convergèrent sur lui, un sourire passa comme un souffle sur le visage de sa femme et du secrétaire ; et M. Laurent-Goulaîne suçait, rongeait et polissait toujours son os, avec une concentration d'idées épouvantable. Une analogie instantanée me fit regarder l'autre mari, Maxence : il contemplait la poitrine de sa femme avec une bonhomie sereine. Et moi, après avoir dévisagé Mme Ellia, paisible et ne voyant rien, et Judith qui aussitôt me lança un simple et froid coup d'œil, je me sentis plein de honte et de pudeur.

ELLE SEMBLAIT UNE PALE ÉNIGME VIVANTE.

Ce n'est pas l'un des moindres étonnements de celui qui, enfant, tint pour sacrée la vertu des siens, que d'apercevoir, sitôt entré dans le monde, combien, sous l'hypocrisie des convenances, s'étale d'impudeur et de vice, se compromettent de jeunes filles qui pourraient être ses sœurs, de dames mûres qui pourraient être sa mère. De là, dans ce milieu corrompu, me vinrent souvent des répulsions et des pitiés que je n'éprouvai jamais parmi la pire bohème et dans les plus mauvais lieux. C'est que la sincérité dans le vice est une assez grande chose, et que le cynisme des prostituées paraît moins coupable que l'hypocrisie des femmes honnêtes.

La présence de Judith Ellia me semblait, à cette table, choquante, et presque monstrueuse.

Elle était si différente des autres ! Dans la beauté épanouie et calme de ma cousine, s'avouait une stupidité paisible, mêlée à la dépravation de celle qui se donne pour des robes, pour un hôtel, pour le luxe et le bien-être.

Chez Mme Laurent-Goulaîne, il n'y avait dans les yeux clairs et fiévreux, et dans le sourire d'une grande bouche, qu'une sensualité impitoyable, qu'une folie d'hystérique.

La grosse figure de Mme Ellia témoignait de la bonté, mais sans initiative et sans divination.

Mais Judith Ellia était d'un autre sang et d'un autre air que ces femmes. Toutes, elles indiquaient, livraient leur âme secrète ; la jeune fille ne trahissait rien d'elle : et close dans sa simple robe brune, elle semblait, ainsi correcte et sans éclat, une pâle énigme vivante.

De tous, c'était moi qu'elle regardait le plus : souvent, longtemps.

Au salon, force me fut bien de l'aborder et de causer avec elle. Cependant ce ne m'était pas un plaisir, et si j'en avais ressenti un, — très inconscient et inexplicable, — à la contempler, par contre venir échanger près d'elle des paroles banales, ne m'eût paru désirable qu'au cas où je l'eusse aimée, — mais cela n'était point encore ; aussi me sentis-je mal à l'aise.

Rien ne m'était désagréable comme la nécessité d'entretenir, à table ou dans un salon, une dame, si jolie fût-elle : l'art de dire des riens spirituels m'échappe ; et j'ai un besoin de généraliser les choses, qui me rend à peine tolérable près des femmes instruites ou intelligentes. Nous parlâmes donc, Judith Ellia et moi, de choses quelconques ; et sous son simple regard, je me sentis gêné, comme si, pour la première fois, une vierge m'apparaissait, supérieure à moi, et qu'elle me jugeât en sa pensée.

Elle avait une voix simple et d'un timbre net, qu'un accent presque insensible, sur certains mots, et certaines syllabes, parait d'un réel charme.

Je m'aperçus qu'au lieu de parler pour elle, elle s'efforçait de me faire donner mon avis sur telles choses et tels gens : ce qui me déconcerta. Sans doute, nous nous étions intrigués, mutuellement. Lequel des deux était supérieur à l'autre? Si nous devions nous approfondir plus tard, lequel des deux asservirait l'autre? Voilà ce qui me troublait : une pure curiosité intellectuelle, je le répète, car elle-même, je ne la convoitais point ; et il ne me semblait point qu'on pût la désirer comme toute autre femme. J'aurais compris qu'on l'aimât, d'amour platonique, toute sa vie. Et je n'étais curieux que de son esprit.

On m'appela au fumoir ; j'y restai le plus longtemps possible, après avoir tiré de Maxence la promesse de s'occuper de Jean d'Espérabert.

Quand je rentrai au salon, Mme Ellia se leva. Je fus invité, par elle, aux réceptions intimes du samedi : lorsqu'elle et Judith furent sorties et qu'on entendit le roulement de la voiture, j'éprouvai un soulagement inexprimable.

Je m'endormis tard, pensif : car j'avais inspiré à cette jeune fille une curiosité que je lui rendais entière ; et je me sentais à la fois flatté et inquiet.

Pourquoi, inquiet? quelle prescience obscure pouvais-je avoir de ma destinée, par le seul fait de m'être rencontré avec une inconnue, qui probablement ne m'aimait pas et que je n'aimais pas?

Pourtant je songeai à elle cette nuit, et j'y devais penser longtemps. Qui m'eût dit que déjà commençaient les malheureux entraînements de ma vie?

PAR AVENTURE, LE MINISTÈRE CULBUTE...

Cinq semaines après, je vivais dans l'intimité des Ellia, Judith me revoyait chaque fois avec plaisir. Quant à sa mère, rien ne la faisait se départir d'une bienveillance si habituelle, qu'elle en devenait banale.

Sa fille m'intéressait de plus en plus ; toujours discrète, toujours d'une grâce et de gestes un peu secs, toujours dirigeant sur moi ses regards froids et aigus, elle allait, venait, avec cette simplicité qui empêchait qu'on prît garde à ses actes.

Elle me faisait parler de moi, des miens, de mes idées, de mon avenir.

Elle me reprocha une fois ma paresse : « J'aurais déjà dû me faire un nom, être célèbre ! » Tout cela, dit d'une voix nette et sans jamais un abandon.

Jamais vierge ne fut plus sage, et jamais cœur ne palpita moins sous des seins immobiles, clos au corsage sombre et étroit. Je pensais, seul ; m'efforçant de la définir, elle : une jeune fille *moderne* (comme on dit de nos jours, oubliant que ce qui est moderne aujourd'hui sera demain vieillot, suranné, ancien, antique, puis aussi lointain que le plus obscur passé) : oui, une jeune fille moderne, correcte, pratique, débarrassée des fictions religieuses et des enthousiasmes puérils, une parfaite demoiselle, idéal parfait de femme ou de fille d'un Président de la République modèle.

Je lui communiquai cette réflexion, gaîment, le lendemain ; elle en sourit, sans préjugé, en m'observant cette fois, avec une attention marquée.

Son regard, posé sur mes cheveux, mes yeux et ma bouche, descendit à mes épaules, scruta ma poitrine, remarqua mes mains, mes genoux, mes pieds, puis, comme si cette inspection eût été définitive, elle me toisa de bas en haut, en pinçant un peu ses lèvres, haussa légèrement les épaules, et se leva.

Je ne sais quelle frayeur succéda au malaise que m'avait causé cet examen, et prenant sa main :

— Judith !

— Non ! dit-elle froidement ; et me regardant une dernière fois, elle s'éloigna

Je restai étourdi. Il m'apparut, nettement, qu'une chose grave, exceptionnelle, venait d'être tranchée, ici même, d'un mot.

Et cependant je ne lui avais pas avoué que je l'aimais. J'allais le faire, à la vérité. Par quelle divination avait-elle riposté : Non ? Et « non » à quoi ? à mon aveu, qu'elle déclarait superflu, comme si elle le connaissait d'avance ? ou à la proposition de mariage qui aurait suivi ? Je ne m'étais pas prononcé encore, et elle déjà répondait : Non.

Alors je sentis à nouveau le regard dont elle m'avait lentement toisé, et je devins pourpre de honte.

Elle m'avait jugé à cet instant-là, certainement. Elle avait deviné que j'en viendrais à lui parler d'amour, et ne me trouvant point digne d'elle, elle me signifiait d'avance de m'abstenir.

Mes sentiments étaient d'une confusion naturelle : je me sentais petit, niais et confondu. Et l'orgueil protestant : « Mais vraiment, n'avait-elle pas été bien prompte ? Où avait-elle pris cela, que je l'aimais, que j'allais le lui confier ? Sa précipitation n'était-elle pas fort impertinente !... — Ah ! il n'était que trop vrai, je l'aimais sans m'en être douté bien clairement ; et maintenant je n'avais plus d'espoir ! »

Si calme une minute auparavant, une oppression me serrait le cœur, et je ne voyais plus l'avenir que noir et fermé : le passé au contraire, s'éclairant comme un mirage douloureux, je roulai des idées de mort et de vengeance impossible ; étourdi pardessus tout de la soudaineté d'un événement que ne présageait rien. Craignant qu'elle ne reparût, je sortis.

Et mes idées changèrent. Sans doute j'étais fou et traversé d'une lubie ? Que s'était-il passé, en somme ? rien ! — Voilà bien l'imagination imprévue et soudainement détraquée des gens à apparence calme. L'air de la nuit rafraîchissait mon front, et je me trouvais de plus en plus ridicule : « Quelle chimère allais-je me forger là ? Judith m'avait regardé longuement, soit ! de haut en bas, oui ! s'ensuivait-il que par là elle résolvait un dernier doute et prenait sa décision sur mon compte ? Non, évidemment. Je lui avais pris la main, et elle m'avait dit non, deux fois. Simple bouderie, certainement, d'une jeune fille intelligente à qui je reprochais, assez peu galamment, et sans doute avec injustice, de n'être pas davantage... — quoi, au juste ? ou de n'être pas un peu moins... — mais quoi ? le savais-je moi-même ? Que pouvais-je lui reprocher ? En vérité, j'étais fou ! »

Aussi m'efforçai-je de ne plus penser à cela. Un vent frais glaçait mes tempes ; je me sentis de plus en plus rasséréné. Voyons, aimais-je seulement cette fille ? L'aimais-je à la folie, passionnément, au point d'en faire ma compagne, de l'épouser demain ?... Non, non ! elle m'intriguait un peu, sans doute. J'avais du plaisir à la voir, parce qu'elle ne ressemblait point aux autres ; mais c'était là tout, oui ! rien de plus.

Et remis d'une alarme dont la violence, en dépit de mes contradictions, révélait le véritable état de mon esprit, je me couchai, très las ; une tristesse agita mon sommeil :

dans mon rêve même revint l'importune pensée que je me mentais à moi-même, que Judith seule avait deviné la vérité, et qu'elle m'avait, par son regard, jugé, et par sa parole, condamné.

Quand je revins chez les Ellia, je fus accueilli par Judith comme si rien ne s'était passé ; et j'aurais pu le croire, si ma jalousie dorénavant éveillée ne m'avait rendu soupçonneux.

Le député avait pour secrétaire un jeune homme blond et vétilleux, avare de paroles, mesuré dans ses actes, qui remplissait ses fonctions avec une exactitude de scribe et un manque d'intelligence générale absolu. Il était de vieille noblesse, et point mal d'apparence. Je m'aperçus qu'il soupirait à la dérobée pour Judith, et j'en avertis celle-ci, avec l'intention méfiante d'étudier son visage et le son de sa voix :

— Oui. C'est un parti qui plairait fort à mon père, à moi non.

— Pourquoi donc ?

— Oh ! C'est un honnête homme, dit-elle avec une intonation traîtresse.

— Eh bien ?

— J'ai remarqué, continua-t-elle sans émotion, que ce que l'on appelle dans le monde un honnête homme est presque toujours doublé d'un imbécile.

C'est seulement à partir de ce jour que je m'aperçus que Judith levait les yeux sur tout étranger, tout nouveau venu dans le salon, exactement avec la même curiosité qu'elle m'avait témoignée la première fois. Pendant une soirée, une semaine, elle observait l'intrus, — c'en était un à mes yeux, — le faisait parler, puis un beau jour elle le toisait, l'ayant jugé à sa valeur, et ne lui témoignait plus qu'une indifférence cordiale, comme à moi.

Quand je fus sûr de cela, et que Judith ne s'attachait à un homme que par le désir de savoir ce qu'il recélait en lui de bon ou de mauvais, et s'il était un individu vulgaire ou un être supérieur ; quand je fus édifié à cet égard, au lieu de me sentir humilié, d'avoir été, moi aussi, rejeté dans le tas des dédaignés, je ressentis une singulière satisfaction, comme un homme qui, se trouvant en compagnie mêlée, s'apprête, par un coup d'éclat, à dépasser de cent coudées ses compagnons.

Comme tout était perdu pour moi, c'est alors qu'il me sembla que rien n'était perdu.

« Car, me disais-je, soutenu par l'amour-propre, les autres, qui sont des gens fort inférieurs, elle a pu les juger d'un coup d'œil ; mais moi ? elle ne me connaît certainement pas ; comment m'aurait-elle pénétré ? quand me suis-je livré complètement à elle ? Elle tient à épouser un homme actif, ambitieux ; fille d'une société démocratique, elle veut en remplir les plus hautes places, c'est son droit. Il ne tient qu'à moi de lui prouver que je l'ai comprise ; j'ai des relations peu nombreuses mais bonnes, je suis riche. Pourquoi n'aurais-je pas, comme tant d'autres, un titre, une fonction bien en vue ? Mais laquelle ? continuai-je en moi-même ; les positions sont si peu stables aujourd'hui, les ministères s'écroulent les uns sur les autres comme des châteaux de cartes : être préfet, autant me faire représentant de commerce, je voyagerais moins. Je suis docteur en droit, je puis être avocat, mais combien de meurt-de-faim se disputent la charge de défenseur d'office, et j'aurais tant de mal à prendre mon métier au sérieux ! Substitut ou magistrat ? comme mon père : c'est triste. Conseiller de préfecture ? pourquoi pas pêcheur à la ligne ? Reste l'Administration ; il y a des emplois considérés, rémunérés et stables. On peut se rendre utile là comme ailleurs ; pourquoi n'y entrerais-je point ? »

Chose étrange, que l'insanité d'un pareil projet m'échappât absolument !

J'étais riche, et je ne voyais pas que prendre un métier, surtout celui-là, me ravalait, sans autre effet que de diminuer et restreindre mes facultés. Et en même temps que je voulais passer en vue, afin que Judith m'acceptât pour mari, et me jugeât digne d'elle, — par une absurde contradiction, — je me répétais que je ne l'aimais point, qu'aucune pensée ne me guidait, sinon le poids de mon oisiveté, le remords de mon intelligence inemployée, le désir de me rendre utile à mon pays.

Oui, j'allai, moi, paresseux et insouciant, jusqu'à invoquer cette suprême hypocrisie ; certes, il fallait que mes sentiments, encore

Un transport me jeta tout contre elle...

que je niasse leur existence, fussent bien violents et étranges, pour bouleverser ainsi en moi toute logique et tout bon sens.

Cependant je ne voulus rien faire sans consulter Judith. Elle m'approuva, avec la plus cordiale indifférence, et sans détacher de moi ce regard bleu et froid, où je croyais lire l'aveu de tendresses refoulées, le désir que je me signalasse, et la promesse tacite de récompenser mes efforts.

Son père, à qui je fis part de mon intention, me dit :

— Comment donc! Nous sommes trop heureux que des hommes comme vous viennent à notre parti!

Trois jours après, le ministère s'étant disloqué, Ellia me fit agréer comme secrétaire au nouveau chef du personnel du Préfet de la Seine.

Je fus d'abord très occupé; aller à la Chambre, recevoir et congédier les visiteurs, écrire des lettres, courir aux rendez-vous, bref, me surmener tellement, et sans aucun goût pour cela, que vingt fois j'eus l'intention d'abandonner ma nouvelle position.

J'enviais fort, de la pièce luxueuse où je me tenais, le personnel des malpropres bureaux voisins, les humbles fonctionnaires qui, ne s'occupant point de politique, se livraient exclusivement aux besognes de l'Administration! Par aventure, le ministère culbuta; il n'avait duré que trois mois.

— Ah çà, me dit avec bienveillance le chef du personnel, que ferons-nous de vous? Nous suivez-vous dans notre retraite? Voulez-vous être sous-préfet, ou décoré de l'Instruction publique?

— Rien de cela, nommez-moi dans les bureaux, je reste.

On prit sur-le-champ un arrêté qui me nommait sous-chef. Pendant ce temps j'en libellai un autre, en faveur d'Aliel; mais autant ma nomination avait été facile, autant la sienne offrit de difficultés. — « Il n'y avait point de places! point d'argent! » — J'invoquai ses titres de poète, son réel talent : idée malheureuse! car mon protecteur, qui cependant passait pour très lettré, leva les bras au ciel, me maudit, cria à l'injustice, ajoutant que ces gens-là faisaient de détestables copistes. Il signa, cependant, et Aliel fut nommé, à quarante-sept ans, employé auxiliaire, à treize cents francs d'appointements. Les miens s'élevaient à cinq mille, sans comprendre les gratifications et indemnités de toutes sortes.

Ce me fut un grand plaisir, trois jours après, d'installer Aliel dans les bureaux et de le recommander à ses chefs. Il s'y mêlait d'ailleurs un sentiment de honte pénible, car j'avais pris connaissance de mes nouvelles fonctions et savais qu'elles n'auraient rien que d'agréable. Aliel, au contraire, en échange d'une besogne de paperasses, dont mon pouvoir n'allait pas jusqu'à le faire dispenser, gagnerait une misérable somme, à peine suffisante pour qu'il ne mourût pas de faim. Ce qui augmenta mon malaise, c'est que les premiers temps il fut fort tourmenté. Son chef, un gentleman solennel et gourmé, le persécuta pour les minutes d'arrivée en retard, pour l'écriture point assez nette, pour la besogne insuffisante. Je dus faire changer à Aliel de bureau : ses appointements furent élevés à une somme un peu plus honorable, il obtint à un ministère voisin une indemnité littéraire, et pendant un an fut et resta tranquille. Son nouveau chef, qui posait pour l'artiste, lui faisait fumer des cigarettes dans son propre bureau; par sa loquacité prétentieuse, il hébétait Aliel, lui donnait des conseils, entre autres de ne plus faire de vers, et d'écrire des vaudevilles.

Cependant une rafale parlementaire rassit dans son fauteuil mon ancien Préfet et sa suite. On me fit fête, et le ministère ne tomba point, six mois après, sans que je fusse promu chef de bureau. Je touchai neuf mille francs et vécus dans la considération et l'envie de tout le monde.

Je recevais quelquefois la visite de d'Espérabert; il avait débuté dans le journal de Maxence, et y avait lancé des articles si âpres et si virulents que le scandale avait immédiatement rendu l'auteur célèbre. Il gagnait un peu d'or, vivait avec rage, séduisant toutes les femmes et vidant toutes les bouteilles. Cependant il ne paraissait pas heureux, et peut-être le sentiment d'une déchéance morale le rendait plus fiévreux, plus agressif. Parfois, je regrettais presque d'avoir aidé ces deux hommes, lui et Aliel, à sortir de leur noire misère, et de leurs rêves de gloire chaste.

On me décora ; je crus que l'heure était venue de m'expliquer avec Judith. Ce n'est pas que le métier que je faisais me plût : il me répugnait au contraire, par la facilité, par l'injustice de mon rapide avancement. A vivre en un tel milieu, j'en avais connu les dessous, et il me venait une grande pitié pour les pauvres employés subalternes, restant indéfiniment à de vils appointements, et à qui chaque nouvel an nous disions : « Travaillez, espérez, plus tard ! la Chambre n'a pas voté de crédits, nous n'avons pas d'argent au budget. Certainement, notre bienveillance !... mais qu'y faire? Espérez, travaillez ! » Mais quoi ! les riches seuls ont raison ; de tout temps et partout, ainsi vont les choses. Que pouvais-je, sinon être affable et doux, rendre tous les services possibles à mes subordonnés? Louable ou non, ma position était faite ; je n'avais pas trente et un ans : pourquoi Judith m'aurait-elle repoussé?

Je me rendis chez elle.

Nos relations étaient de même nature, et depuis le jour où elle m'avait toisé si scrupuleusement, en étaient toujours restées au même point.

Quel aveuglement de ma part : aimant Judith, je me répétai qu'elle m'était indifférente, et je me persuadai qu'elle m'aimait, alors que je lui étais indifférent.

Mme Ellia venait de sortir ; je jetai un coup d'œil dans la glace du salon : à ma boutonnière, un ruban rouge, mince comme un fil, tranchait sur le noir de ma redingote ; quoique simple, j'étais vêtu fort élégamment. Judith entra sans bruit.

Une émotion extraordinaire me souleva, le plancher vacillait et je crus tomber.

Cette fois, devant l'importance de ma déclaration, j'abdiquai tout mensonge, et de l'amour plein les yeux, plein les lèvres, pâle, hésitant, je cherchai, avant d'avoir dit un mot, dans le sourire de Judith, ma grâce ou mon arrêt. Elle s'était assise, derrière une table à ouvrage ; et certainement frappée de mon émotion cruelle, elle me regardait, tranquille. Un grand froid me tomba sur les épaules, et je n'espérai déjà plus. Elle portait son éternelle robe simple ; rien d'elle n'était changé, ni son pâle ovale visage, ni l'or terne de ses cheveux, ni la minceur enfantine de sa personne. Je fis un effort de volonté désespérée, sans que nul espoir me soutînt pourtant, et tout d'un trait, d'une voix altérée et sèche :

— Judith, vous ne vous étonnerez pas de mes paroles, vous savez que je vous aime et que je veux vous épouser ; aujourd'hui j'ai un titre, une position et l'avenir devant moi : consentez-vous à être ma femme?

— Non ! dit-elle avec douceur et assez bas, en même temps qu'elle remuait négativement la tête.

C'était déjà fini, je le savais ; mais je voulus m'expliquer, au risque du ridicule :

— Vous me méconnaissez, Judith ; je vaux mieux, je vous l'assure, que la plupart des hommes qui viennent dans ce salon. Ils ne pensent qu'à eux ; moi, je ne pense qu'à vous. J'ai été constant ; à trente ans, j'ai la force et la raison. Si vous ne croyez pas devoir vous décider encore, fiancez-moi votre foi, et j'attendrai de vous plaire et que vous m'aimiez, non autant que moi, c'est impossible, mais assez pour me supporter sans répugnance.

— Non ! dit-elle, avec le même signe de tête.

Je continuai, m'embourbant par lâcheté :

— En aimez-vous un autre? dites-le moi, je vous en supplie ; je ne cesserai pas de vous aimer, mais je me retirerai ; dites, en aimez-vous un autre?

— Non ! dit-elle, toujours calme.

Alors je suppliai, bassement :

— Je vous en prie, agréez-moi, Judith, à moins que, par une de ces répulsions irraisonnées, je ne vous fasse horreur?

— Non.

— Ou que vous souhaitiez une position plus haute et plus brillante?

— Non.

— Ou une plus belle fortune?

— Non.

— Alors aimez-moi, je suis malheureux ; que vous en coûte-t-il de m'accepter? Mariés, nous irons où vous voudrez, tous vos désirs seront accomplis, vous mènerez la vie qui vous plaira. Ce que j'ai fait depuis deux ans, c'est pour vous, autrement que m'importe? Je vous entourerai de tendresses; je ne suis ni un savant ni un poète, mais j'ai, vous le savez, l'âme plus haute que les ambitieux vulgaires qui vous entourent; tenez, je vous en prie; dites oui, par pitié; voyez, je m'agenouille, je vous aime, Judith, consentez...

— Non! fit-elle avec le même accent, et sa tête avec une inflexible douceur refusait. — Elle restait la même, sa gorge se soulevait à peine, ses joues rosissaient à peine. Alors je pris ses mains et les couvris de baisers inutiles. Mais sans souci de ma douleur, sans peur que quelqu'un n'entrât, elle me plongeait au cœur son regard bleu et clair, froid comme la pointe des aciers. Je me taisais, je l'implorais muettement : seuls, mes yeux parlèrent, mes lèvres parlèrent; et muettement aussi elle agitait sa tête avec un inexprimable sourire qui signifiait :

— Non.

Une fureur sauvage s'enfla en moi, le sang me monta à la gorge, mes veines se gonflèrent, il s'en fallut de peu que je ne la tuasse! Mais toujours elle souriait et agitait sa tête avec un mouvement gracieux qui me bouleversait l'âme et me confondait l'entendement : « Etait-ce stupidité de sa part? était-ce intrépidité? — Qu'y avait-il donc derrière ce regard sec, d'un bleu fané? Que venait-il à l'esprit de cette surprenante fille? Quel secret, quel mystère recélait-elle? » — Et sans force pour me lever, je la contemplais, avec une douleur morne.

Le jour baissait rapidement, et elle devenait sombre dans l'air obscurci; ses mains, que je tenais, étaient d'une tiédeur fraîche, et sans parfum; assise droite et le front déjà dans l'ombre, immobile elle se tenait, paraissant ne point même songer, personnifiant peut-être, comme une statue, ma propre douleur. Et alors qu'aucun espoir ne me restait, je ressentais cependant une mystérieuse douceur, à être ainsi près d'elle. Le silence était profond, les arbres de l'étroit jardin découpaient aux vitres de grands feuillages noirs.

Un transport me jeta tout contre elle, je la pris à bras-le-corps; elle ne bougea point, gardant son attitude, mais une raideur faisait ses membres et sa taille comme de pierre, et pour la première fois, l'idée que Judith était femme souleva mes sens et m'emplit d'un désir frénétique, en même temps que du sentiment d'un droit, — car je l'aimais — et d'une vengeance, car je la haïssais. J'étreignis nos poitrines, rivai nos fronts et nos bouches en un baiser désespéré, qu'elle reçut sans s'émouvoir. Ma main saisit son genou, froissa sa robe, je râlai :

— Soyez ma femme.

— Non ! dit-elle, comme si une statue eût parlé. Alors je desserrai mon étreinte, et n'osant comprendre qu'elle me faisait l'abandon glacé de sa virginité, devinant presque que, par pitié pour moi ou par curiosité perverse, elle se prêtait, oui, une seule et unique fois, je me mis à pleurer doucement, sans volonté, la tête sur ses genoux. — La seconde fatale s'éloigna; elle ne reviendrait jamais plus.

La nuit était presque complètement tombée, un froid entrait dans le salon, les feuillages heurtaient aux vitres, la cendre s'agitait dans la cheminée, et mon cœur n'était plus que ténèbres; je me levai, comme un être privé de conscience, aveugle, à tâtons et confus; sourdement honteux, comme d'un crime entrevu.

— Adieu, murmurai-je, soyez heureuse avec un autre, c'est mon vœu le plus cher; qu'il soit jeune, beau, qu'il vous aime! surtout, soyez heureuse.

— Je n'épouserai qu'un vieux! dit l'étrange fille avec une sécheresse indéfinissable. A demain! mon cher.

Et congédié, je m'éloignai aussitôt, stupidement, la laissant seule, assise droite dans l'ombre, rêvant à quoi? à la haute prudence de sa volonté, qui serait toute maîtresse d'un vieillard! — ou à l'offre qu'elle dédaignait? — ou au viol que je n'avais point commis?

Le lendemain, je donnai ma démission au Préfet; un très honorable travailleur convoitait ma place, il avait tous les droits et quinze ans de services; on la donna à un charmant jeune homme, protégé d'un ministre.

Le jour même, je reçus, dans mon bureau, la visite d'Aliel :

— Permettez-moi de m'en aller aussi, dit-il ; rien ne vaut l'indépendance bohème ; si j'arrive cinq minutes en retard, on me dit des choses amères ; mon temps est pris ; écrire me devient impossible, car ici je m'énerve et m'abrutis. L'atmosphère est malsaine ; je gagne de quoi nourrir un chien ; j'aime mieux être libre et misérable.

Le hasard fit survenir au même moment d'Espérabert. Il était vêtu avec la dernière élégance, mais son linge était froissé, ses chaussures fatiguées, et au lieu de faire tinter, selon son habitude, quelques louis dans sa poche, il en tira une masse de gros sous :

— Je lâche le journalisme, dit-il, avant pourriture complète. Tant que j'ai été libre de mes haines et de mes admirations, bien, mais il me faut cracher sur celui-ci, lécher le dos à celui-là, je m'en vais. Oui, tout au fond de la Bretagne, dans une maison de matelots, écrire un livre, quelque chose de bien. Votre cousin Maxence est par trop ignoble, et je le lui ai dit, carrément.

Là-dessus, ils me quittèrent ; et le soir même, je partis pour l'Anjou.

Le président de l'Herminy, plein de sagesse, vivait du passé et contait bien.

II

Le chemin de fer me descendit à V..., une ville de sous-préfecture, mi-partie ruines et maisons neuves ; la calèche de ma mère m'attendait et m'amena, au trot de deux robustes chevaux, et aux cinglements de fouet du cocher, en moins d'une heure, à Rigel, où, au-dessus du village, montait en pente douce l'avenue de notre parc, bordée de hauts vieux tilleuls et s'évasant en demi-cercle, autour de l'habitation, un raide et étroit petit château, du temps de Louis XIII.

Sur le perron de pierres disjointes, près d'un homme gros et rouge, une jeune fille en toilette claire regardait venir la voiture : ils rentrèrent à ma vue ; et dès que j'eus, dans le grand salon à tapisseries sombres, embrassé ma mère, étendue dans sa bergère, c'est à ces deux personnes qu'elle me présenta : des propriétaires du voisinage, les Vial, et — si je me rappelais les lettres où elle m'en parlait — de ses bons amis.

Je m'inclinai ; l'homme rubicond et réjoui m'avait déjà pris les mains, mettant ses chasses gardées à ma complète disposition. Mlle Vial souriait, très rose et élégamment vêtue. Puis ils prirent congé, ce qui chagrina ma mère ; elle ne m'avait encore dit que deux ou trois paroles, et, selon les apparences, vivait dans la plus grande intimité avec ces personnes, tant la jeune fille s'ingéniait à lui plaire et à la câliner.

Ils promirent, quoiqu'en s'excusant de l'indiscrétion, de venir dîner et nous laissèrent.

Cette réception assez froide ne me surprenait pas ; depuis un an et demi, je n'étais pas descendu à la maison, et quoique je respectasse fort ma mère, et qu'elle m'aimât certainement, à sa manière, il était assez naturel que, vivant ici, seule, elle s'entourât de relations aimables et journalières, comme l'on n'en a qu'en province.

— Eh bien, mon ami, quelles sont vos intentions? me demanda-t-elle.

« Rester près d'elle, répondis-je, vivre quelques années d'une vie contemplative et active à la fois, indépendant et solitaire. »

Ma mère ne me fit point d'objection : puisque je n'avais pas voulu marcher sur les traces de mon père, briguer un emploi au Parquet, y soutenir notre ancien nom, célèbre et respecté (cette renonciation de ma part lui avait jadis causé une profonde douleur), peu lui importait, à l'heure présente, quoi que je fisse.

Elle avait, je crois, peu de tendresse pour ma nature de rêveur, mon éloignement de la société, mon amour des livres et des tableaux : mon temps occupé à lire ou à penser lui semblait, évidemment, perdu dans la plus grande oisiveté. Elle ne me parlait plus de ses propres idées; depuis que j'avais manifesté, jadis, de la répugnance pour un mariage riche, elle gardait à cet égard un silence un peu dédaigneux : l'emploi de mon patrimoine, de ma vie et de ma jeunesse, ne la faisait non plus sortir d'une réserve, qu'elle s'était imposée par dignité froissée.

Longtemps, j'avais déploré cette incompatibilité de nos deux natures; puis aucune discussion ne l'ayant aggravée, c'était avec une certaine liberté d'esprit que nous nous entretenions désormais, ma mère et moi, gardant chacun pour nous nos idées, et, au lieu de les heurter, les rentrant au contraire, par bienséance et affection. L'habitude, qui fait se résigner à tout, l'avait certainement consolée. Vivant depuis quinze ans dans ce château, elle avait borné sa vie à l'enclos du parc et son cœur au commerce de vieux amis.

Seul, j'errai dans le parc et le jardin, il faisait une belle journée chaude. Une mélancolie invincible m'engourdit, il me sembla que le temps n'avait plus d'heures, et que déjà tout l'ennui de la province pesait sur moi.

Naguère, la vie fuyait si vite! Et cette journée n'en finissait pas. Cependant mon œil se reposait sur les arbres et les gazons; ayant mis une grande distance entre Paris et moi, il me semblait avoir rompu net avec le passé; la figure d'une vierge, lointaine, s'effaçait dans les fumées de l'horizon. Pourtant c'était hier. Mais comme hier était loin déjà!

Et plus j'allais, rêveur, froissant le gravier des allées, plus une indicible torpeur stupéfiait mes pensées, plus dans l'air épais de la province, mes nerfs se débandaient, mon sang s'alourdissait : la chasse aux titres et aux places, l'ambition politique, les escalades de places dans les ministères, tout cela me paraissait infime, grotesque, ancien.

Je m'étonnai d'avoir désiré d'une si véhémente passion, m'enchaîner à la pâle Parisienne, dont je ne prononçais même plus le nom. La douleur cuisante de la veille ne m'était plus qu'un malaise sourd; et aspirant l'air pur, parfumé de roses et de l'arome sec des foins fauchés, écoutant un cri de coq, strident, se répéter affaibli, dans le lointain, je ne désirai plus que le repos, et j'abdiquai ma puérile existence de Paris. M'avait-elle jamais plu? Non; à mon esprit contemplatif il fallait le grand silence des prés, les longues flâneries à pied, les marches le fusil sur l'épaule, les lectures prolongées du soir dans la vaste bibliothèque de mon père, tandis qu'un amoncellement de braises répand une rouge tiédeur.

Ce qu'il me fallait, c'était de m'attacher à une étude approfondie; plusieurs me sollicitaient à la fois : des travaux historiques, et des recherches sur le droit; je vivrais seul, quel plaisir ce serait, l'hiver, de travailler et de méditer derrière les vitres où tintent les pluies torrentielles, tandis que le vent gronde et se lamente.

Au printemps, je ferais de longues courses; nous avions des propriétés à quelques kilomètres, j'irais, et l'été et l'automne, toucher les rentes chez les fermiers : on boirait un verre de vin clair, les petits enfants barbouillés se laisseraient bercer sur mon genou; et deux grands chiens à moi, bondiraient et aboieraient.

Lentement, un *angelus* tinta, avec une mélancolie douce. Sans être pieux, je revis en mémoire ces vieilles églises de campagne, aux vitraux grossiers, aux stations de la croix enluminées. Elles sont fraîches et pauvres : une vieille femme, presque toujours, dans un des bancs de bois usé, incline sur deux mains rugueuses le blanc de ses coiffes, et un rayon de soleil, traversant l'image d'Epinal du vitrail, coupe le chœur en deux d'une clarté trouble, où dansent et s'agitent les atomes de poussière.

Brusquement s'agita la cloche du château, et, secoué de ma rêverie, je n'eus que le temps de courir changer d'habits. Une demi-heure après, une seconde sonnerie conviait les hôtes au salon.

C'ÉTAIT UNE VILLE DE SOUS-PRÉFECTURE, MI-PARTIE RUINES ET MAISONS NEUVES.

J'y trouvai d'abord la figure rose de Mlle Claire, la jeune fille entrevue déjà, puis son père, puis le président de l'Herminy, un vieil ami de ma famille. On me présenta à deux ou trois autres personnes d'âge mûr, et l'on passa à table ; un domestique poussait le fauteuil à roulettes de ma mère.

Seule, la vue du président de l'Herminy me fit plaisir. Sa tête était noble et pâle, entourée d'un collier de barbe blanche, couverte de cheveux argentés, mais un pli tirant les lèvres leur donnait une expression résignée et fatiguée, et le regard, d'un bleu éteint, était douloureux parfois.

M. de l'Herminy n'avait point un esprit ordinaire, mais une vaste intelligence, une âme droite, une grande indifférence aux plaisirs de vanité et aux hochets de l'ambition. Sa vie, du peu que j'en savais, avait été heureuse, son nom et son intégrité de magistrat, tenus en haute estime ; aussi ce soir-là, frappé plus que de coutume de l'air pensif et soucieux du vieillard, le regardai-je plus d'une fois à la dérobée, avec un intérêt sympathique.

Chose étrange que l'atmosphère des milieux.

A Paris, dînais je quelque part, je me sentais à l'aise, libre, de mes paroles et de mes gestes, j'étais chez moi. Et ici, il me semblait, parmi ces figures communes et provinciales, être vraiment chez des étrangers.

La grande salle à manger que je connaissais me semblait inconnue, et ma mère, point ma mère, mais une froide et vague parente, le président, un autre que lui, les convives, fort sots ; M. Vial, d'un commun à faire frémir et sa fille Claire, malgré ses gracieux regards, la dernière des indifférentes.

LENTEMENT, UN « ANGELUS » TINTA AVEC UNE MÉLANCOLIE DOUCE.

Je dînai avec malaise, gêné par le regard de gens que je ne connaissais pas, et sentant que je les gênais aussi. Il me fallut parler, répondre, sourire à des propos que je trouvais stupides. L'arrivée des idées, l'étroitesse des opinions, la raideur d'esprits sans grâce et sans chaleur, tout m'énerve. Claire, par exemple, que je me sentais prêt à détester, par représailles du tort d'une autre, m'agaçait par ses éclats de rire enfantins, sa vivacité, ses coups d'œil hardis. Elle mangeait bravement, buvait sans affectation de petite maîtresse, et sa robe, quoique jolie, était d'une mode en retard.

« Quelle différence, pensai-je, entre cette remuante et naïve petite provinciale, et la glaciale vierge au sourire, au regard, au charme si éteints et discrets, de là-bas, si loin... ! »

Hormis le président, qui ne se versait que de l'eau, mes voisins vidaient leurs verres et me forcèrent, plus d'une fois, à leur tenir tête.

La chère était excellente. Ma mère avait toujours conservé cette grande tradition de la province, son cordon bleu était renommé à dix lieues à la ronde, et apprécié de tous les convives.

Peu à peu, une chaleur versée par les grands crus de Bourgogne vivifia mon cœur, en même temps qu'une hébétude heureuse me fit oublier mon chagrin et émoussa l'acuité de mes sensations.

La grande horloge, qui tout à l'heure avait de si lents tic-tac, maintenant carillonnait joyeusement. Je regardai mieux les convives, ils me parurent honnêtes gens : je connaissais le tact et le goût sûr de ma mère, elle ne se serait point plu à des propos imbéciles. Une saillie de M. Vial me fit rire tout à coup ; je l'avouai spirituel, ce gros homme. Claire, — je la privai dès cet instant dans mon esprit du « mademoiselle » cérémonieux, — Claire parut plus jolie que tout à l'heure, et son sourire était charmant.

Je l'observai mieux : elle avait les cheveux châtains, les yeux bruns, la peau la plus blanche et la plus rose. Sa chair, modelée en molles et fortes rondeurs, saillait par de subits mouvements, gonflait là, l'avant-bras, ici, la gorge, avec le charme ingénu propre à toute jeune fille ivre de vie, de sang et de santé. Je me reposai à regarder ce visage frais, et les jolies fossettes de ces joues roses ; la bouche humide s'ouvrait avec un éclat rouge, et une mollesse de fleur élargie au soleil.

Je ne sais quelle impudeur naïve sortait d'elle, comme de ces roses qui semblent dire : « Cueillez-moi. » Tout en elle s'offrait, non à moi, non aux autres, car elle n'avait pas témoigné encore de coquetterie — mais s'offrait à vivre, à rire, à chanter ; elle était souple comme une chatte, douce comme un fruit. Sa taille était d'un peu au-dessus de la moyenne, ses mains et ses pieds attachés joliment, mais point trop grands.

On passa au salon ; aussitôt mes sensations agréables s'évanouirent, je ressentais un grand mal de tête et de la pesanteur : mécontent de moi et de ma trop facile satisfaction, je devins maussade, et prenant à part le président de l'Herminy, je ne m'entretins qu'avec lui, pendant trois longs quarts d'heure, sans accorder un regard à Claire, qui toute surprise de mon changement, et assise, causant près de ma mère, me regardait à la dérobée, sans pouvoir cacher sa naïve tristesse.

« Elle a cela de bon, pensai-je, que je ne l'ai point vue me faire des agaceries de provinciale ; elle paraît naturelle, sincère, sans raffinement d'ailleurs, et nullement aristocratique..., et aussi bien qu'est-ce que cela peut me faire ! » ajoutai-je en haussant les épaules.

Quand on se sépara, je la saluai froidement.

Le lendemain, il pleuvait ; j'espérai qu'il ferait un peu de soleil dans la journée, mais quelques pâles derniers rayons s'évanouirent, et d'un ciel gris, sans relâche, avec une

ELLE ÉTAIT SOUPLE COMME UNE CHATTE, DOUCE COMME UN FRUIT.

monotonie continue, la pluie tomba. Je m'installai dans la bibliothèque : deux grandes fenêtres s'ouvraient sur le parc, et tantôt regardant au loin si personne ne passait dans les allées, tantôt inspectant les rangées de livres, tantôt m'enfonçant dans le vaste fauteuil de travail, je perdis ma journée en songeries.

Je pensai à mon père, que j'avais peu connu, ayant dix ans lorsqu'il mourut ; je revoyais mal son visage, dont la sévérité me faisait peur ; pourtant sur les portraits qui restaient de lui, l'ironie austère de la lèvre était corrigée par une bonté lumineuse, au fond des yeux. Il avait le grand front, la poitrine large de l'orateur : ma mère lui conservait un culte fervent et d'inébranlables souvenirs. Il était mort à quarante-huit ans, d'une maladie de cœur dont, je m'en souvins, aux heures où je me montrai un peu souffrant, mélancolique, on avait craint pour moi l'hérédité.

Parfois aussi cette idée m'était venue, que je devais attribuer à quelque lésion organique secrète la disposition particulière de mon esprit ; mais je n'y avais jamais attaché une importance au point de me soigner, ou de consulter seulement quelque médecin en renom.

Puis je revis mon enfance, mon temps d'examens à Paris, mon affection bizarre pour Judith, mes efforts et la position acquise pour lui plaire, puis son refus ; et il me sembla que ma vie avait atteint une période, et que maintenant, comme un château de cartes effondré, j'allais la rebâtir à nouveau. Mais sur quoi ?

Sans désespoir, car j'étais déjà résigné à la perte de mon amour, mais sans joie, je passai en revue tous les mobiles qui pouvaient m'inciter à une nouvelle vie. L'action pour elle-même me semblait contradictoire avec ma nature, l'action pour un but ne me séduisait pas davantage : si j'avais eu une ambition personnelle, j'en serais vite revenu, depuis ma constatation de l'injustice sociale ; ma fortune et mon savoir m'ouvraient trop facilement les portes pour que je ne m'en dégoûtasse point.

L'amour des lettres serait chez moi toujours platonique, faute d'une énergie active et aussi d'un talent marqué. Alors quoi ? il ne me restait plus qu'à vivre, qu'à me laisser vivre ; la tentation suprême d'un suicide ne me vint pas, car je n'étais point désespéré, triste tout au plus et trouvant la vie banale et sans parfum.

Un doute singulier me saisit : avais-je aimé réellement Judith ? N'avait-ce pas été un amour de tête, une vague surexcitation cérébrale et comme un exutoire à mes pensées, à ma force nerveuse et morale ? Cette idée m'attrista un moment : ne connaîtrais-je donc l'amour que de ouï-dire ? étais-je moins doué que les autres ? pourquoi n'avais-je, certainement ! aimé qu'une Judith intellectuelle et non femme ? car autrement ma chair n'eût-elle pas voulu se mêler furieusement à la sienne, ce soir d'abandon glacé, dans l'ombre ? Aimer : qu'était-ce au juste ? Mais cela existait-il même ? N'était-ce pas un mot, une idée ne correspondant pas à une entité nécessaire ? La démonstration de l'existence de Dieu, de l'immortalité de l'âme, est impossible à faire. L'amour, pas davantage, ne se prouvait ; et qu'il existât même, n'était-ce pas dans des conditions bien rares, entre deux êtres d'élection, d'âme assortie, et d'esprit correspondant ?

De rêveries en rêveries, l'heure passa, mais lente, bien lente, et je m'énervai, contemplant aux fenêtres les allées silencieuses du parc, de voir qu'il n'y passait personne. La solitude, le silence, l'égouttement de la pluie qui ne cessait que pour recommencer, m'induisirent à un spleen réfléchi et froid, que perçait cependant, comme une pointe d'épingle acérée, une idée que je ne formulais pas en moi-même, et dont l'écho me fit tressaillir, lorsque le soir, au dîner, ma mère dit :

— Claire n'est pas venue aujourd'hui, son père s'est foulé le pied.

Le lendemain, par simple politesse, je me rendis chez nos voisins. Il faisait chaud et clair, le soleil inondait les champs d'un coup de clarté d'or. J'arrivai à une grande maison blanche, où de vigoureux aboiements me reçurent. J'entrai dans un petit potager ; une sonnette ayant tinté, une servante vint à ma rencontre et m'introduisit dans un pavillon de chasse, où, le pied étendu sur un pliant, M. Vial fumait sa pipe, en regardant mélancoliquement son fusil et son carnier accrochés au mur.

Il me reçut cordialement, avec une bonhomie joviale, sacrant, en l'absence de sa fille, contre la foulure qu'il avait attrapée la veille, en sautant maladroitement à terre du haut de sa voiture.

Quand la conversation se ralentit :

— Voulez-vous visiter le jardin? me dit-il. Claire y est ; prenez l'allée et l'escalier, vous la trouverez dans le verger.

Je suivis ses indications, et la maison étant en contre-bas du grand jardin, je montai l'escalier, de bois et de terre battue, qui s'élevait entre deux rangées de sureaux et je me trouvai dans un haut verger, couvert de gazons anglais, parmi lesquels, entre les arbres chargés de fruits, éclataient de rouges corbeilles de fleurs.

Tout d'abord je ne vis personne, tant les feuillages étaient épais ; mais au détour d'une allée, je l'aperçus, vêtue d'une robe d'indienne bleue à fleurs blanches, courte, à laquelle il ne manquait que des paniers, pour donner l'illusion d'une robe Louis XV. Claire, cambrée en arrière, les deux mains à une branche, secouait violemment les prunes qui tombaient autour d'elle ; je la vis qui se baissait : sa robe se gonfla, bouffant sur les reins, et déchaussa les chevilles.

CLAIRE, LES DEUX MAINS A UNE BRANCHE, SECOUAIT VIOLEMMENT LES PRUNES QUI TOMBAIENT AUTOUR D'ELLE.

Je m'approchai sans bruit ; elle était blanche et gracieuse, à l'aise et alerte. Quand je fus à deux pas, comme elle se relevait, elle m'aperçut et lâcha le coin de sa robe ; toutes ses prunes se répandirent, tandis que Claire, devenue soudain d'un rouge pourpre de sang pur et qui coule, étouffait un cri, et subitement pâlissait de saisissement, prête à tomber.

Mon air inquiet lui fit plaisir, car elle s'excusa, sourit, et ses joues redevinrent roses.

Il y avait en elle une ingénuité assez rare, son parler était doux et un léger zézaiement ne lui messeyait pas. Je ramassai les fruits, elle se baissa aussi ; son haleine m'arrivait, chaude comme une caresse, nos mains se mêlèrent plus d'une fois. Nous ne parlâmes guère, et surtout ni de nous, ni du voisin, à peine du beau soleil et des prunes mûres.

Elle m'en offrit, mais ne voulut pas que je touchasse à celles qui étaient tombées. Debout, elle se cambra, le menton levé, et tendant les deux bras vers la branche, fit saillir sa gorge moulée au mince corsage, et découvrit la large tache mouillée et déteinte de ses aisselles ; cet indice de vie, déplaisant peut-être, — ici, dans le soleil et la chaleur d'été, avait une grâce ingénue et fouettait le désir. Elle me tendit un fruit longuement choisi ; puis honteuse, s'éloigna un peu.

Je me rapprochai d'elle ; à moi, que le sol natal, que les herbes, que les fleurs, que les vignes, que les blés reprenaient déjà par leur charme simple, cette belle fille paraissait l'âme du paysage sain et ensoleillé. Sa place était là, parmi les papillons et les abeilles ; une chèvre bêlait, on entendait aussi des cris de coq, des hennissements et des abois. Son rire se mêlait à ces bruits ; et j'allais vers elle comme vers la nature même : sur ses lèvres, j'eusse baisé chastement l'Eté ; et sa taille, si je l'avais prise, c'eût été comme l'argile vivante, la bonne terre riche et féconde d'Anjou.

J'avais toujours eu l'âme d'un rêveur : si je regardai Claire, en ce moment, plus longuement que je n'aurais voulu, il me sembla que ce n'était pas pour elle même, et que mon plaisir n'avait rien de coupable. Elle voulut parler ; son instinct de femme souffrait du silence, et plusieurs fois elle avait ouvert puis fermé la bouche, dans un petit soupir.

— Est-il vrai, me demanda-t-elle avec crainte, que vous ne restiez ici que quelques jours ? Mon père m'a dit que vous retourneriez certainement à Paris.

Je la regardai ; ses yeux avaient une douceur extraordinaire. Je n'eus pas le courage de mentir : et j'affirmai mon intention de ne plus quitter ma mère.

Elle ne répliqua point, mais ses seins palpitaient, sous l'indienne bleue à fleurs blanches.

Lentement nous redescendîmes près de son père, et quoiqu'il voulût à tout prix me garder à dîner, je refusai ; il me sembla avoir eu raison, car Claire n'insista pas, comme si tous deux, avions eu aujourd'hui notre part complète de plaisir.

La province me prit et me garda.

J'eus des révoltes, des irritations : si par exemple, de loin en loin, il me fallait aller à V..., la sous-préfecture, rendre une visite ou dîner en cérémonie, les propos ineptes, les potins méchants, l'envie, la curiosité des gens, m'exaspérèrent plus d'une fois.

Puis les mères ayant des filles à marier me couvaient avec des yeux voraces et menaçants ; et il n'eût tenu qu'à moi de faire mon choix entre deux ou trois mariages très riches. De grandes familles m'ouvrirent leurs portes, mais entré une fois par politesse je n'eus rien de plus pressé que d'en sortir.

Dans ces milieux m'apparaissait toute l'horreur de m'unir à une provinciale, et la plupart de ces jeunes filles me causaient une froide répulsion. Elles avaient un air d'étroitesse singulière, leur piété était dévotion, leur vertu pruderie, et leur coquetterie calcul.

Seule, Claire, élevée à la campagne, près de son père, veuf depuis longtemps, ne leur ressemblait pas.

Elle était moins aristocratique, mais il y avait de la santé et de la bonne humeur dans son rire un peu trop libre. Elle n'était pas dévote, mais charitable. Ignorante, l'était-elle plus que des demoiselles jouant du piano, sachant l'histoire de Pharamond, et cinq à six mots d'anglais ?

La seule conversation de la province consistant en médisances d'une hypocrisie effroyable, j'entendis d'étranges propos sur le compte des Vial. « Lui n'était qu'un faux bonhomme, un original ; sa femme était morte, sans doute de chagrin. Il était brusque, il devait la battre. Il était jovial aussi, par conséquent indécent. Il restait chez lui, sa conscience n'était donc pas nette. Il ne faisait pas de visites, c'est qu'il méprisait ses voisins.

« Claire, on n'en pouvait rien dire de bon : élevée sans religion, sans direction maternelle, poussée au soleil comme un fruit, que pouvait-on attendre d'elle ? »

Le président de l'Herminy n'était pas davantage respecté : il était bien vieux, peu aimable, trop fier. S'il était triste à l'ordinaire, c'était du remords d'avoir fait guillotiner un innocent, autrefois.

Les autres amis de ma mère n'étaient guère mieux partagés ; le docteur Rollin, un vilain monsieur, un avorteur, on en était sûr ; les du Paillèche, des gens ruinés ; le père buvait, on assurait l'avoir vu ivre ; la femme était une ancienne cuisinière ; le fils aîné, conseiller de préfecture, un simple drôle, coureur de cotillons ; le cadet, sous-officier de cavalerie, avait failli passer en conseil de guerre, pour vol, etc...

Pour ma mère, je sus qu'elle était fort jalousée ; on lui reprochait de s'être fait une société choisie et de ne recevoir que qui lui plaisait. Quoiqu'elle ne pût rendre les visites, on lui en faisait cependant par curiosité et amour-propre.

La niaiserie de la province est tellement énorme, qu'une fois qu'on en a souffert, l'on se prend à en rire ; c'est ce qui m'arriva.

L'automne passa, et sa mélancolie me fut douce : vivant à la campagne, je n'eus point le contre-coup des énervements que procurent les petites villes.

L'homme que je voyais le plus volontiers était le président de l'Herminy, il se prit peu à peu d'affection pour moi ; son intelligence ne s'était point rouillée dans le ridicule et petit milieu de V... ; ayant beaucoup appris, beaucoup vu, beaucoup vécu, plein de sagesse, il vivait du passé, et contait bien.

La confiance qu'il m'inspira fut assez grande, pour que deux fois la semaine j'allasse à pied à la ville, le trouver dans sa vieille maison du faubourg, à vaste cour où poussait l'herbe, à fenêtres longues et étroites enchâssant des carreaux verdis. Je me fiai à lui, avouai mon passé, mes derniers rêves sacrifiés, l'état vague et triste de mon cœur, mon désir de travail solitaire, mon intention de rester en ce pays. Il m'écouta patiemment, hocha la tête, et son premier mot fut :

— Mariez-vous !

Je protestai, mais il insista :

— Mariez-vous ; la vie que vous voulez mener est trop lourde pour un seul, et vous ne la porterez qu'à deux. Epousez qui vous voudrez, une fille riche ou pauvre, intelligente ou bête, mais de beau corps et de bon cœur : je crois que toutes les femmes se valent, fit-il avec une ironie un peu froide de vieux juge, et si je vous dis d'en prendre une, et bientôt, c'est parce qu'il vaut mieux être marié devant Dieu, le monde et la loi, que d'avoir une chaîne honteuse, pour femme une concubine, et pour enfants des bâtards. Croyez-moi, croyez-moi ! dit-il avec force et tristesse ; que mon expérience vous serve à quelque chose. Le célibat n'existe point. La débauche n'est qu'un palliatif ; quel libertin n'est en même temps adultère, ou séducteur de filles ? Ici, quelle débauche lamentable mèneriez-vous ? vous n'en êtes point à courir les servantes ou les souillons de ferme ?... Votre cœur se satisferait-il, parce que vous auriez séjourné dans une maison boiteuse du vieux quartier ? On ne tue pas le besoin d'aimer ; je sais, je sais, moi, *moi* surtout, comme l'âme se vicie dans l'air malsain et lourd de la province ; on travaille, et la fatigue cérébrale se compense par les joies de l'estomac, la chère succulente qui engraisse et fortifie. On étouffe, on tend ses muscles forts dans le vide, et un jour, comme moi ! l'on s'éprend d'une tendresse désespérée pour la première venue, femme sans préjugés ou fille légère ; on lui dit ses douleurs, elle s'attendrit, et l'on s'aime, et l'on se cache, et l'on a peur, honteux pour son nom et pour sa renommée. L'enfant naît, qui rive la chaîne, et fait de la maîtresse une créancière ; on se quitte, on se revoit, on se hait, on se plaint ; d'autres enfants peuvent naître de ces rapprochements amers, et l'on craint le scandale de plus en plus ; aurait-on beau donner à ces êtres qui sont votre chair, tout son argent et toute sa tendresse, qu'il y a loin de cette union trouble et cruelle à l'orgueil de promener au grand jour sa femme, et de baiser librement devant tous les enfants qui sont siens... Voilà, voilà ma vie, à moi ! dit le président l'Herminy, avec une émotion étouffée, et c'est là le secret qui me rend sombre et honteux !...

Il se tut, et nous ne nous dîmes plus rien que d'indifférent ; les paroles du vieillard avaient porté en moi : il avait l'air de re-

Son corps souple plia mollement et elle défaillit toute.

gretter sa sincérité ; depuis ce jour, ni l'un ni l'autre n'y fîmes allusion.

Pendant l'hiver, je vis Claire et elle vint chez nous.

Chaque fois, elle manifestait à me voir, à m'écouter, une émotion si joyeuse, que j'en étais troublé.

J'eusse pu tirer vanité de cette conquête facile, Claire ayant déjà refusé un ou deux partis, entre autres le fils aîné des du Paillèche, qui résidait à Angers ; mais un peu de scepticisme m'en empêcha : quel mérite avais-je à paraître très supérieur socialement, moralement et physiquement à de prétentieux provinciaux ?

Non, j'étais touché, plutôt, parce qu'elle s'offrait simplement ; et elle devenait plus belle, bien différente de la première fois où je fis sa connaissance. On eût dit que sa tendresse lui eût donné une âme, tant ses yeux rayonnaient et tant il y avait de souplesse aimable dans ses mouvements.

Nous ne nous étions encore point dit le mot d'aimer, mais ne sortait-il pas de ses lèvres rouges et souriantes ? ne s'avouait-il pas dans mon sourire un peu grave et l'air de protection douce que je lui témoignais ? Car je me semblais vieux auprès d'elle, sinon par l'âge, du moins par la réflexion et l'humeur.

L'hiver, en bonnet de fourrures, tandis que deux grands chiens danois admirables qui m'appartenaient depuis peu, bondissaient dans les fourrés, nous marchions d'un pas sec, dans les allées du parc ; le givre cristallisé aux branches faisait, en quelque rayon pâle de soleil, paraître les arbres féeriques, et les ornières gelées craquaient sous nos pas.

Un jour, j'étais soucieux ; le docteur Rollin m'avait parlé à part : la santé de ma mère s'altérait peu à peu, sa sérénité diminuait ; elle envisageait, dans le présent, l'accroissement immédiat du mal, et dans un avenir peu lointain, la mort. Si j'étais marié, suggéra le docteur, la gaîté d'un jeune ménage réchaufferait le salon glacé, et rendrait moins triste la malade. Il m'avoua alors que me voir épouser Claire était le vœu le plus cher de ma mère ; il la croyait menacée, ajouta-t-il, d'attaques prochaines de paralysie.

Ce jour-là, Claire tardait à venir : je m'aperçus combien elle me manquait.

Vingt fois, j'allai à la petite grille du parc ; le ciel était gris-perle, froid ; un soleil rouge, sans rayons, rutilait comme un bloc de braise. Dans l'air glacé, on n'entendait d'autre bruit que le craquement des feuilles, sous les grands sauts des lévriers.

Soudain elle parut, essoufflée, accompagnée de la servante, qui prit par la grande avenue, tandis que nous nous hâtions dans les petites allées.

— J'ai craint de ne pouvoir venir ; père a été appelé chez son fermier, qui s'est cassé la jambe ; enfin, me voici.

Ses pommettes étaient rouges, ses yeux brillants ; elle me tendit trois violettes ramassées sur le chemin :

— Elles n'ont point de parfum, dit-elle.

— Si, elles ont beaucoup de parfum, répondis-je en les baisant.

Si peu de chose détermina l'avenir : nous nous regardâmes, et ses lèvres se mirent à trembler.

— Claire, murmurai-je, en la prenant par la taille.

Son corps souple plia mollement et elle défaillit toute.

— Claire, parlez-moi ! Claire, vous souffrez !...

— Je vous aime, dit-elle assez bas, et presque aussitôt, elle releva la tête et me regarda en souriant, comme une enfant qui n'a plus peur.

Je l'étreignis, mais elle se dégagea, émue du brusque feu qui m'était monté au visage :

— Allons saluer votre mère, venez, dit-elle.

— Venez, répéta-t-elle avec insistance.

Nous étions seuls, je lui pris la tête et baisai coup sur coup sa bouche.

— Oh ! cria-t-elle bouleversée, c'est mal !

Et comme je la retenais, elle arracha ses mains aux miennes et se mit à courir vers la maison.

— Claire, que crains-tu ? Claire, je vous aime ! Claire, je vous en prie...

Elle courait, embarrassée de ses jupes ; du coup, elle les ramassa dans sa main, et effarée, les leva sur ses jambes, comme sur un peu de sa nudité ; ses mollets, haut découverts, montraient leur ferme rondeur, et la fuite de cette belle fille, impudique sans le savoir, m'emplissait d'un sentiment obscur de joie, de désir et de mélancolie.

— C'en est fait, pensai-je, lorsqu'elle eut disparu au tournant de l'allée, et qu'alors rassurée, elle me lança un éclat de rire réconcilié et peureux encore.

Nous nous mariâmes au printemps.

La vie qui coule si lentement, sans événements et plate comme un marais, parfois se précipite avec impétuosité. Dans le cerveau endormi et inapte aux résolutions, soudain, à une lueur jaillie, flamboyent les projets et les rêves ; et le corps, comme réveillé, se rue à l'accomplissement et à l'action. Les actes les plus graves de l'existence, de longue main se préparent dans l'engourdissement de la volonté ; ils germent insensiblement, et un beau jour, éclatent et se succèdent avec une rapidité inouïe.

C'est sans doute pour cela que moi, qui n'avais d'autre but que la renonciation volontaire à la société, j'acceptai si soudainement l'éventualité d'un mariage inattendu, et que, sans logique apparente et sans passion véhémente, je me laissai aller à la séduction facile de l'union légale, sachant pourtant que Claire et moi n'avions de commun que notre jeunesse, et qu'elle m'aimait parce que j'étais le premier; sachant aussi que je ne l'aimais point au sens formel du mot, que j'étais imprudent de m'acoquiner ainsi, que ma responsabilité serait lourde, et qu'à nos fêtes d'amour peut-être succéderait — ça n'était pas impossible — le plus cruel lendemain.

Et justement ces réflexions qui n'empêchaient point mon union, mais qui la rendaient pensive et inquiète, je ne les fis point la veille, mais le jour même du mariage. Le doute importun que j'agissais sans énergie et par un inexplicable abandon, me harcela au moment suprême où la loi nous unit, et pourtant je dis : oui. Il me suivit dans l'église, et pourtant je dis : oui. J'éprouvai une satisfaction vulgaire quand nous fûmes irrévocablement liés. Je reçus les félicitations d'usage avec une ironie secrète : aux yeux du monde, je faisais un bon mariage, la fiancée étant belle, sinon riche, du moins suffisamment dotée; à mes yeux seuls, l'avenir paraissait trouble; il s'y joignait ce malaise singulier de penser : « Que suis-je pour cette jeune fille? Il y a six mois, elle ne me connaissait point. Mais elle a vu d'autres jeunes gens, elle aurait pu les épouser, eux aussi. Les regards qu'elle m'a jetés, les sourires et les paroles dont elle m'a gratifié, un autre n'a-t-il pu, avant moi, les avoir aussi bien? Ce qui m'a plu en elle, d'autres ne l'ont-ils pas aimé? Son parfum de jeunesse, d'ingénuité et de santé, un autre l'a pu respirer. On a vu sa gorge, ses chevilles et son visage. N'est-il pas bien niais, celui qui accepte le trésor d'une virginité, toujours un peu déflorée? Qui sait même?... Une fille de vingt ans n'arrive pas au mariage sans avoir rêvé ni aimé. Un baiser se donne, et après un baiser, l'autre. Une femme se perd si vite! Que faut-il? Un moment d'étourdissement, l'odeur des foins, le soleil qui éblouit. N'aurais-je pu la violer, si j'avais voulu, la première fois, quand, dans le grand verger, elle tendait sa gorge et levait ses beaux bras; et la dernière, dans le parc, quand elle m'offrit des violettes et s'enfuit levant ses jupes?... »

L'âcre jalousie physique me mordit alors cruellement, puis j'eus un sourire forcé :

« C'était la vie, avec ses risques et ses chances; le passé, le présent, l'avenir, ne dépendaient point de moi seul; comment m'étais-je marié, le savais-je? La fatalité est là qui nous pousse. Pourquoi trop d'orgueil? Il n'en serait que ce qui devait arriver, et à la paresse de mon corps, et aux fatigues de mon âme, ce serait, après tout, un doux oreiller que deux seins tièdes et parfumés. Elle! La connaîtrais-je mieux, après dix ans d'observation? Valait-elle moins, ou plus qu'une autre? Toutes se valent, disait le président de l'Herminy, dont l'œil, avec une secrète envie, contemplait mon bonheur public. Et d'ailleurs, n'était-ce pas une sensation rare, et d'un haut prix pour un intellectuel, que la possession première, si brève fût-elle, d'une virginité et physique et morale? Enfin, c'était ainsi, et ne l'eussé-je plus voulu, la chose était faite. Amen! »

C'est par cette lâche oraison funèbre que j'enterrai mes réflexions et mes doutes, et je ne songeai plus qu'à être heureux.

Je le fus.

Une voiture nous avait transportés de la maison de M. Vial à celle de ma mère. Elle n'avait point voulu assister aux cérémonies et dîner, ni consenti, qu'à cause de son impossibilité de sortir, on se réunît chez elle.

Entrant donc, en costume de voyage, dans le vieux château que nous allions habiter à ses côtés, nous montâmes dans sa chambre, où, vêtue de sa longue robe sombre, elle nous baisa, sans pouvoir se lever; et force nous fut de nous agenouiller presque afin d'être à hauteur de ses lèvres.

Elle était très pâle, et certainement heureuse, mais le mal avait fait de sinistres progrès : au fond d'orbites noires, ses yeux avaient un éclat fixe et morose; et plus superstitieux, j'eusse pâli devant ce spectre de la mort prochaine, et craint que ce ne fût le malheur et le deuil qui nous recevaient dans cette vieille maison.

Pourtant elle m'était chère; ce fut en soutenant Claire de mon bras que je l'aidai à gravir l'escalier aux marches de pierre, polies par l'usure, et que je l'introduisis dans notre vaste chambre à coucher.

Les nuits de printemps étant fraîches, un fagot de branches et de feuilles sèches flambait, en grandes flammes. Dans une pièce voisine, la toilette de la mariée l'attendait; son linge était rangé, ses armoires pleines, comme si notre vie commençait déjà. De grands candélabres reflétaient leurs clartés droites dans la glace; les draps exhalaient un parfum de verveine. Claire ôta son chapeau et sa voilette; serrée dans sa robe anglaise de voyage, elle me tendit les deux mains, en s'efforçant de faire bonne contenance, quoique son âme tremblât de joie, d'angoisse et de pudeur. Dans cette chambre, nous étions ainsi, comme deux voyageurs nouveaux, qui font halte avant une longue route : nous inaugurions l'avenir, et le passé étant aboli, commençait toute une vie vierge. Moment rapide, mais au charme cruel; est-il un homme qui, l'ayant vécu, ait oublié de quel tressaillement ses entrailles s'émurent, quand il se vit seul, dans la nuit, debout, contre celle qui vierge lui est livrée entière, afin de ne se quitter jamais, unis pour la joie et la tristesse, le bien et le mal, la maladie et la santé, pour la vie, pour la mort? La gravité dont s'empreint alors l'âme de celui qui pense et sent profondément, l'élève bien au-dessus du ridicule vulgaire; et la vision grotesque des premières malhabiletés s'évanouit, devant la simplicité de la vie conjugale commencée, dans ses intimes détails, que seuls jugent vulgaires ceux-là qui ont le cœur vulgaire.

Elle se dévêtit, enfermée dans la chambre à côté, puis revint, pâle dans son blanc vêtement de nuit; elle tremblait, mais en même temps elle souriait. Je la pris et dis :

— Veux-tu m'aimer?

Elle répondit :

— Oui.

Nous nous couchâmes; le feu pétilla plus clair, les candélabres du miroir reverbérèrent leurs clartés de fête; les draps fleuraient la verveine, et la vierge embaumait l'exquise minute d'un doux parfum de chair.

Bravement, simplement, elle s'abandonna dans la clarté joyeuse.

Etouffant un long cri, elle mordit seulement ses lèvres rouges, puis sourit à sa première douleur; son beau corps étonné palpita, à l'appel de nos cœurs, et volontairement se meurtrit et s'unit à ma chair, jusqu'au plus profond de l'être.

Ce n'est pas la vaine joie du souvenir qui me dicte ces phrases, mais la plus amère, la plus atroce sensation : celle du néant des désirs humains. Si peu, cette étreinte saignante, et c'était un monde. Si peu, vingt ans d'éducation et de surveillance avaient protégé cette défloration subite. Si peu, cependant c'est l'appât suprême qui marie l'homme et la femme. Si peu, c'était irrémédiable, appartenait au passé; et fugitive, si trompeuse, cette unique seconde ne reviendrait pas. Si peu : et toute caresse ne serait plus qu'imitation et toute parole que redite; toute notre vie à vivre pendant des années sans terme se leva devant moi, et une tristesse me fit morne à mourir.

Elle aussi, eut-elle, à ce moment, l'intuition d'un désastre, et que maintenant notre union était irrévocable; craignit-elle l'avenir, et de ne m'aimer plus quelque jour; pressentit-elle les entraînements néfastes et le risque du châtiment meurtrier? Je ne sais, car mes propres pensées étaient obscures et singulières; mais se cachant la tête dans mes bras, elle pleura.

Je ne compris point qu'elle se livrait à moi, me demandant contre l'avenir, contre le mal, contre elle-même, protection; ou peut-être déjà cette responsabilité me pesait-elle, et cette tête d'enfant éplorée dans ses cheveux était lourde à ma poitrine : car égoïste je murmurai, comme par convenance :

— Pourquoi donc pleurez-vous?

— C'est de joie!

Elle était sincère, je le sais; j'eus un remords et lui jurai mille bonheurs. A ce moment précis me vint le souvenir de Judith, dont j'avais appris le mariage avec un riche vieillard, diplomate à l'étranger. La comparaison de sa situation et de la mienne me fit me réjouir d'une joie mauvaise, et je la congédiai ironiquement dans le passé : elle me paraissait trop loin, et entre nous la rupture trop complète.

Nous ne pouvons savoir notre destin, mais nous devrions prendre plus garde au surgissement des souvenirs condamnés : ne sont-ils pas comme les mailles mystérieuses qui lient les événements du passé aux fatalités de l'avenir?

Deux lèvres chaudes brûlèrent les miennes, un corps souple et charmant plia dans mes bras; alors un besoin de tendresse me prit et me garda seul : Claire et moi nous nous aimâmes. Mais une honte étrange ne me quitta point, car je traitais ma femme comme si elle n'eût été qu'une femme, et au matin, quand les bougies expirèrent dans une odeur de cire, j'eus l'impudeur, dont je rougis, comme d'un acte vil, de lever les draps sur elle, malgré elle, — et de la contempler en silence, longtemps, lui laissant la secrète injure d'une admiration banale : celle d'un imbécile satisfait de la courtisane qu'il a mise dans son lit...

. . . .

Cependant, il y a dans la sincérité des situations, une force qui entraîne les plus rebelles; et n'étant point hostile, mais seulement inquiet, malheureux de mes doutes, mécontent de ma faiblesse de volonté, honteux de l'égoïsme qui me faisait ramener tout à moi, — égoïsme exagéré par l'habitude de m'analyser, par le développement anormal de mes songeries, — je me laissai, au bout de quelques jours, aller au charme simple de Claire.

Nous passâmes six mois de tendresses charnelles, exclusivement charnelles, mais assez jeunes, assez joyeuses, pour qu'elles s'empreignissent d'un vague idéal. Ce fut une époque d'amollissement langoureux, de baisers passionnés, d'étreintes violentes, qui me laissa presque calme, sur les inévitables déceptions premières d'un lendemain de noces.

Nos caractères étaient dissemblables, et portés au heurt. Rien d'intellectuel ne serait commun entre ma femme et moi, séparés sur nos intérêts même. Non qu'assez riche pour deux, je m'irritasse du manque de parole de M. Vial à ses engagements de dot; mais que ma femme trouvât la chose simple et louable, ne sentît point que manquer à tout devoir est mal, cela me peina. Mais tant que m'étourdit l'opium de ses caresses, je ne voulus rien voir, profitant de l'heure, laissant venir l'avenir, je baisais ses épaules et ses genoux.

Etrange créature, organisée pour le plaisir, luxurieuse et jalouse, tendre et irritable! Avec ardeur, pour que notre joie ne se ralentît point, et plus tard pour la galvaniser, elle se jeta à tout ce qui pimente, exaspère, complique le désir; elle s'y montra courtisane si ingénue, qu'elle étouffa en moi le sens moral, et m'épargna la honte des initiations; car on eût dit, sevrée qu'elle était de bourgeoises pudeurs, qu'une intuition étrange et qu'on ne pouvait dire perverse, tant elle était naïve, la dressait et l'assouplissait, seule, aux labeurs des plus savantes voluptés.

Jamais je ne vis femme aussi dépourvue de contrainte provinciale, ni à qui il coûtât moins de se dépouiller nue, et de marcher, blanche, cheveux flottants jusqu'aux jarrets; ni qui se cachât moins dans l'intimité du jour et de la nuit : adoratrice ingénue du principe mâle, comme les femmes antiques, qui suspendaient à leur col un phallus d'or, et comme celles de l'Inde prosternées devant le lingam, sans le savoir, elle les imitait; et sa dévotion païenne était à la fois comique, imprévue et touchante.

Et cependant Claire n'était pas impure! Lui avais-je révélé les extrêmes secrets, ou les avait-elle pressentis? Je le crus, afin d'étouffer mes remords et la voix qui me criait : lâche! d'avoir fait une maîtresse de ma femme. Avec tout autre, elle eût été ainsi, pensai-je; savais-je si c'était là un cas isolé? et si toute amante, serrée entre des bras jeunes et forts, ne se livre aussi voluptueusement? Il n'importe! Quelque aigu remords parfois me pénétrait, et l'idée que j'aurais été, si le destin nous y amenait, l'artisan de mes propres malheurs, me faisait sombre, en dépit de toute philosophie sceptique. Et la lassitude vint, de ma part. La possession continuelle de ces formes si belles me blasa. Ses douces chairs restèrent dédaignées. Elle le sentit, voulut me ressaisir, et inintelligente, ne put, l'infortunée, que s'offrir plus, sans comprendre que ma fatigue aboutirait à l'énervement, au dégoût, à la haine.

Je m'en tins à l'indifférence. Et brusquement, le bonheur cessa entre nous deux. Elle se referma en elle-même, languit, toujours douce, souhaitant désespérément un enfant, qui ne vint pas.

Six ans passèrent.

Ma mère mourut, et ma femme s'affligea, juste autant que le réclamaient les convenances. L'automne d'après, son père fut emporté par une pleurésie; trempé de sueur, en chasse, il s'était jeté dans un marais : on l'en tira, raidi de froid — en quelques jours, il mourait.

Si nous avions été des esprits bas, nous nous serions réjouis, ces deux héritages nous faisant riches. Ma femme y gagna plus d'orgueil; son père n'ayant point tenu sa parole, elle m'avait dû son état; mais avantagée maintenant par cette mort, elle ne me devait plus rien.

Afin qu'elle n'eût point de reproches à me faire, je l'invitai à recevoir et à entretenir des relations agréables. A côté des plus vieux amis de ma mère, le président de l'Herminy et le docteur Rollin, toute une société nous rechercha, celle des châteaux voisins, où de jeunes Parisiennes, lasses des fatigues de leur hiver, passaient l'été.

Claire oublia le chagrin de n'avoir point d'enfant, et consolée de mon indifférence secrète, qui n'interrompit point notre vie conjugale, et la desserra seulement, elle fut la plus gaie et la plus alerte châtelaine des environs, apprit à monter à cheval, à accompagner les chasses, et s'en tira bien. Elle était fort courtisée, mais je ne la soupçonnai jamais, parce que je la tenais pour franche, et que j'étais resté assez son ami, pour compter qu'elle se fierait à moi, au cas d'un péril.

Je vivais, enfermé depuis longtemps parmi des livres; je m'étais attaché à un grand travail historique qui absorbait toute mon attention; je laissais ma femme libre de son côté, me contentant de paraître aux dîners. Tout le mois de septembre, je chassais, et par détente de l'effort cérébral où m'absorbait mon étude, je me livrais à la vie de contemplation qui m'était si douce; j'aimais, accompagné de mes chiens, à me perdre dans les bois et les champs, à contempler des horizons inconnus, à découvrir dans un rayon de soleil, entre deux collines, des villages dont je ne savais pas le nom, et à voir paître les bœufs, glaner les moissonneurs, voler les alouettes. Les bruits insaisissables dont se compose le silence de la nature, je m'efforçais de les percevoir et de leur donner un nom, parfois c'était l'agonie d'un angelus

DEVANT DES RUISSEAUX FAISANT CASCADE, JE RESTAIS DES HEURES.

ou le frémissement lointain des hautes futaies. Devant des ruisseaux faisant cascade sur de grosses pierres, écumant à gros bouillons, s'épandant là en nappes claires, je restais des heures, rêvant ; rarement je tirais un coup de fusil, mon carnier était toujours vide, et quand je rentrais, souvent, mon arme n'était pas encore déchargée.

Parmi les relations de Claire, une seule me déplaisait ; une antipathie est presque toujours un avertissement.

C'était un blond, blême et fade dandy nommé Hauriette ; il avait des afféteries de vieille femme, parlait du bout des dents en syllabes traînantes, faisait de petits gestes effarouchés, s'excusait toujours avec une nonchalance poseuse qui appelait un coup de pied quelque part. Anglomane renforcé, résidant six mois à Londres et six mois à Paris, fort stupide, sous le vernis qui le couvrait, ce n'était pas même un viveur ; il n'eût point su non plus gagner sa vie honorablement ; fils bâtard d'un député, il simulait une grande noblesse de sentiments, mêlée à une impertinence de bon goût. Il n'eût pas supporté une fatigue d'homme, il craignait le cheval et geignait à la chasse. Mais rester au salon était son affaire, s'y tenir à cloche-pied, jouer d'un doigt sur le piano, dire des riens de l'air le plus superflu, voilà à quoi il excellait.

Il semblait fort apprécier Claire. Je fis part de mes observations à celle-ci, elle rougit, me regarda, se mit à rire, abondant dans mon sens, et parodiant si comiquement Hauriette, que je ne revins plus sur ce sujet ; je n'y avais d'ailleurs point fait allusion par jalousie, mais parce qu'il me semblait de simple convenance que ce monsieur n'affichât point ridiculement ma femme.

D'autant, ce que je n'ajoutai pas, que différents symptômes et son intimité équivoque avec un de ses amis, m'avaient donné à réfléchir sur son compte.

Cet ami se nommait Harry Grass ; Anglais pur sang, il avait la force brutale d'un taureau, des mains velues, et de la bestialité dans sa large mâchoire. Fort riche, il voyageait sa vie durant, et faisait son premier séjour en France. Hauriette nous l'avait présenté.

Le vice le plus apparent de sir Harry était une ivrognerie superbe, qu'il n'abdiquait même point en France, parmi des relations polies et raffinées. Et tel soir qu'il devait dîner dans un château voisin, je m'en souviens bien, son valet de chambre vint gravement annoncer que son maître était complètement hors d'état de sortir de la voiture, parce qu'il était « ivre-mort ». Ces mœurs, ignobles chez nous, et qui paraissent toutes simples en Angleterre, n'empêchaient pas Harry Grass d'être bien accueilli.

Depuis quelques mois, j'avais la révélation soudaine de l'abîme qui séparait ma femme et moi : et à nous sentir ainsi étrangers l'un à l'autre, je m'étonnais d'avoir cru un instant, grâce au mirage de la passion physique, qu'il en serait autrement. Mais, me demandai-je, l'union, la compréhension complète seront-elles jamais possibles entre deux êtres aussi opposés ? L'influence d'un être sur un être, l'assimilation d'un esprit à un autre esprit, ne s'expliqueraient-elles pas mieux entre gens du même sexe, comme la trop intime amitié d'Harry Grass et de Hauriette semblait m'en donner un exemple ? A ce moment je reçus une lettre anonyme.

Elle était claire et précise ; je me serais reproché qu'elle influât sur ma vie, et véridique ou fausse, je la reniai en la brûlant sur-le-champ. Si quelque angoisse secrète me tortura, du moins elle ne parut pas, et je montrai à ma femme le même visage de confiance calme. Si l'on s'étonne, je dirai qu'avant mon mariage, plus d'une lettre anonyme me parvint ; je sus qu'elles étaient l'œuvre de telle ou telle personne de la ville ; connaissant assez la lâcheté des mœurs provinciales, je ne fut point surpris de cette nouvelle dénonciation.

Cependant, un instinct m'avertit qu'elle n'était point « semblable aux autres », qu'elle ne venait pas des mêmes mains, et qu'une jalousie trompée l'avait dictée, d'une écriture d'homme, sur papier parfumé.

Je réfléchis pendant quelques jours, sans que ma vie ne changeât en rien. C'était vers le milieu d'octobre. Les fêtes s'étaient ralenties, beaucoup de nos voisins étaient partis.

Un prochain dîner devait rassembler une dernière fois le docteur Rollin, le président de l'Herminy, Hauriette et Harry Grass en partance pour l'Angleterre, et deux ou trois autres personnes. Trois jours auparavant, je partis pour la chasse, me promettant de passer tout ce temps-là dehors, chez un ami; nous ferions des battues en forêt.

Mon hôte était absent; son régisseur me reçut à merveille, mit la maison à ma disposition; deux jours après je m'ennuyai, et pris le train pour rentrer à V...; de là en une heure je serais au château.

J'avais fort réfléchi pendant ces deux jours; non que je me préoccupasse outre mesure, au cas où ma femme me tromperait réellement, du préjugé vulgaire qui ridiculise le mari, en même temps qu'il le déshonore. J'étais décidé à fermer les yeux, à moins que force ne me fût de les ouvrir : en ce cas, une explication droite avec Claire sauvegarderait notre propre dignité.

Certes, si j'eusse été amoureux fou, la jalousie m'eût torturé et le sang me fût monté furieux au visage, en m'imposant des envies de meurtre. Mais Claire m'était indifférente, et tant de choses avec elle partageaient maintenant mon indifférence, j'avais si complètement abdiqué, renoncé à tant d'espoirs, et tellement borné ma vie volontairement, que je ne me reconnaissais point d'autre droit que celui de remontrance et de conseil.

Il y a, il faut que je le déclare, toujours eu chez moi un respect excessif et presque ridicule, de la liberté d'autrui.

Jamais, par exemple, je ne me suis cru autorisé à faire à mes amis un reproche, à leur donner même un avis, à moins qu'ils ne me l'eussent instamment demandé. D'aucuns taxeront cela chez moi d'égoïsme; je crois plutôt que c'est le sentiment poussé très loin, du respect de l'orgueil et de la dignité humaine.

Certes, époux au sens intellectuel de Claire, je me fusse considéré comme son maître, je l'eusse dirigée, refrénée, dans son intérêt; mais, dans les termes d'incompréhension polie, et affectueuse même, où nous étions, je ne crus pouvoir rien me permettre vis-à-vis d'elle. N'est-elle pas libre? me disais-je; d'ailleurs il me répugnait, pour ces mêmes motifs, de faire l'espion et le gen-

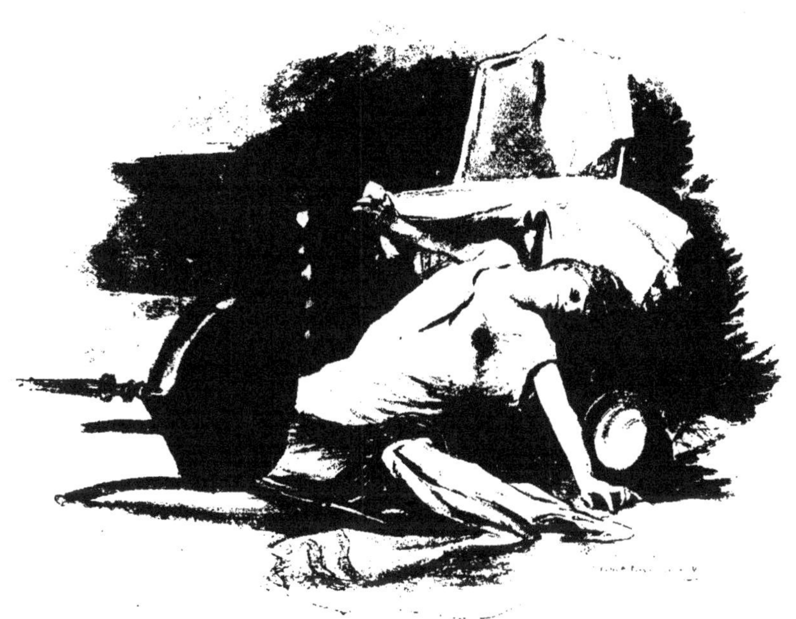

CLAIRE TOMBA, SA CHEMISE DEVINT ROUGE...

darme ; soupçonner n'était pas mon fait ; un besoin de loyauté, une conscience assez assurée en moi, des devoirs sociaux, m'empêchaient de croire qu'elle fît mal et fût coupable d'autre chose que de légèreté.

C'est donc avec une assez grande tranquillité, et en tout cas sans aucune défiance, que je revins à la maison.

Il était trois heures de l'après-midi. Le parc était roux, les feuilles sèches criaient sous mes pieds ; j'avais mon fusil à l'épaule, et arrivé sous la fenêtre de ma femme — elle était à un entresol peu haut — je vis les rideaux tirés, entre lesquels filtrait de la lumière, comme si Claire était souffrante et au lit.

Inquiet, je montai sans m'arrêter et en quelques sauts, à sa chambre, où je frappai en même temps que je tournai le loquet qui résista.

— Claire, fis-je à mi-voix, c'est moi, êtes-vous souffrante ?

Un silence, puis le bruit de deux talons sur le parquet, un effarement, des meubles bousculés, des voix qui chuchotent, et à moi, stupide, la révélation imprévue de l'adultère.

Ouvrez ! criai-je en secouant frénétiquement la porte, et d'un mouvement invincible ; sans penser, j'amenai à moi ma carabine.

J'entends le même bruit plus fort, puis des supplications, puis une fenêtre qui s'ouvre ; et la porte cède : embrasser d'un coup d'œil la chambre ravagée, me ruer à la fenêtre, voir un homme qui fuit, épauler et le tenir, une, deux, quatre, sept, dix, treize, quinze secondes au bout de mon fusil, ce ne fut qu'un instant.

L'homme se sauvait à toutes jambes, droit devant lui, je pouvais le tuer, et par stupeur, je ne tirai pas, je vis qu'il allait disparaître, je ne tirai pas, il disparut, je ne tirai pas. Irrésolution affreuse ; ma volonté à cet instant se résolvait en angoisse : quel

Je baissai la tête affirmativement et sanglotai.

parti prendre ? et dix secondes encore je restai à viser, dans le vide, n'osant me retourner vers ma femme, sentant que je devais faire à tout prix quelque chose, mais quoi ? Il fallait agir, et j'étais assailli par un tumulte de pensées, de raisonnements, de sensations : qu'est-ce que j'éprouvais ? De la haine, pas même. De la jalousie ? pas assez pour la tuer. De l'indifférence ? je ne sais, mais j'avais le sentiment d'une chose horrible, le ridicule. J'étais pitoyable, n'ayant pas tiré. A elle, qu'allais-je dire, comment la regarder ? Il me fallut un effort de courage héroïque, pour me retourner seulement : je le fis d'un mouvement brusque.

En chemise, elle était debout effarée, avec des yeux de folle et d'inconsciente, élargis dans la cire du visage ; sa bouche s'ouvrait, ses dents claquaient, ses seins sautaient, toute une vie effarée battait en elle avec épouvante. Je tenais mon fusil en face de sa poitrine, mon doigt sur la détente : oh! que faire! si le plancher pouvait crouler, la maison nous écraser! Rien ne bougea, le silence était épouvantable, la bougie allumée fondait dans l'air glacé; je revois tout, un chapeau d'homme à terre, des jupons, une chaise en l'air, ma femme, roide comme une somnambule, et moi, planté comme un imbécile; le temps s'écoule, et fatalement, je vais commettre un crime; si elle avait parlé, pleuré, elle était sauvée, je la haïssais si peu; mais la peur du ridicule me rendit féroce, mon rôle de mari civilisé était absurde, j'étais grotesque : elle devait le penser, elle allait le dire, c'était intolérable! plutôt la tuer, mais le courage m'en manquait; ce fut mon doigt, involontaire et crispé, qui je ne sais pourquoi pressa la détente : un coup de tonnerre! Claire tomba, sa chemise devint rouge.

. . . .

Ce qui suivit, hélas! n'est point confus dans ma mémoire : ce sont mes souvenirs les plus implacables, et ils se détachent sur le passé avec une sanglante netteté.

D'abord des pas, du bruit, un roulement de voiture qui s'arrête, des domestiques qui montent; une servante s'enfuit, poussant des lamentations, le docteur Rollin se précipite dans la chambre, suivi du président. Ils me contemplent, de quel regard effrayé et stupide! On couche sur le lit la victime, le médecin se penche sur elle.

Le président m'emmène, et dans la chambre à côté, c'est entre nous deux un horrible silence.

Je ne veux pas me disculper, la chose est faite, toute ma volonté fond comme de la neige, et j'éclate en sanglots pressés, hoquetants, fous. Le président de l'Herminy me regarde toujours, d'un œil vitreux et triste, avec pitié; à la fin, il met la main sur mon coude et dit tout bas :

— Nous avons rencontré Harry Grass, il courait nu-tête vers la gare. C'était lui, n'est-ce pas?...

Je baissai la tête affirmativement et sanglotai :

— Morte! je l'ai tuée, morte!

Il hocha la tête et ne trouva que ces mots :

— C'est un grand malheur.

Alors un voile funèbre s'abaissa sur mes yeux, et je pleurai amèrement, longuement.

Le médecin entra et dit au président :

— Elle vit!

Je tressaillis comme galvanisé, et m'élançant sur le docteur Rollin, je lui broyai les mains.

— Elle vit!... elle vivra, n'est-ce pas?

— Non! — et ayant échangé un regard avec le président, — il ajouta :

— Voulez-vous la voir?

Un tremblement nerveux me fit claquer des dents, et grelottant, comme si je sortais d'un bain glacé, sans parler, je suivis les deux vieillards.

Claire vivait, les draps étaient maculés de sang, sa gorge était pleine de sang, ses bras étaient couverts de sang. Ah! boucher, abominable brute! Sa figure était convulsée par une atroce souffrance, telle que des larmes très grosses lui coulaient, sans s'arrêter, deux à deux, jusqu'à la bouche. Elle me vit, de ses yeux humides et comme couverts d'un brouillard, et à ma grande stupeur, ne marqua point d'effroi; elle sourit en pleurant plus fort, seulement.

Je m'abattis au pied du lit, sanglotant. Cette blessure était horrible, le sein droit n'était qu'une plaie, on en avait retiré des parcelles de linge et des esquilles d'os. Elle avait un souffle court et faisait effort pour parler. Je regardai les lèvres, elle murmura :

— Pardon.

Un soufflet ne m'eût pas frappé plus brutalement; à moi, qui stupidement venais de l'assassiner, elle disait, elle répéta encore avec la peur d'un refus :

— Pardon!

Je saisis sa main, qui mettait sur les draps des doigts de sang, et la baisai, la baisai vingt fois. Hélas! à ses yeux, j'étais le juste châtiment, j'étais le droit outragé, j'étais... Ah! dérision.

Elle perdit connaissance. On m'écarta.

J'obtins de rester dans un coin; je relevai la chaise renversée, et je m'assis près du chapeau d'Henry Grass, les pieds dans des jupons.

Elle rouvrit les yeux au bout d'un quart

d'heure. On la soutint avec des cordiaux puissants; on la pansa, ce qui lui arracha des cris de douleur si perçants, que le désespoir tardif me vint que nous n'ayons point eu d'enfants. Ces frêles petits êtres nous auraient rivés, il n'y eût pas eu de place entre elle et moi pour un autre; mais n'était-ce plus possible? Sans doute tout cela était un songe, un cauchemar. N'était ce pas des cris d'enfantement qu'elle poussait? oui, notre amour germé allait naître en une chair nouvelle; on me frappa l'épaule, le rêve s'enfuit.

— Elle vous parle!

On avait allumé les lampes, la nuit était noire. Il y avait beaucoup moins de sang sur les draps, ses yeux étaient secs, fiévreux; elle souriait avec une expression fixe et comme roidie.

Je m'agenouillai de nouveau; elle me regarda en silence, un temps, et personne ne bougea dans la chambre, où ne se tenaient plus que le médecin, le président et une vieille servante; le battement sec de la pendule retentit un instant, Claire l'écouta avec inquiétude, le président arrêta le balancier; elle alors prononça d'une voix indéfinissable :

— Je ne l'aimais pas. Il m'a prise, j'ai été lâche. Mais je ne l'aimais pas. Tu as bien fait de me tirer dessus. Je t'aime.

Un instant après, avec angoisse :

— Tu m'as pardonné, n'est-ce pas? pour de bon! Jure le : vois-tu, c'est très bien comme cela, je me sens forte, cela me fait encore un peu mal, mais je vais guérir, alors nous serons heureux.

Un sanglot répondit dans la chambre, et un soupir étouffé, quelqu'un toussa.

Ce navrant espoir qu'elle allait vivre, je l'accueillis, j'en jure Dieu, avec une ferveur de désir et une ivresse de joie; un si terrible revers secouerait mon apathie et ferait de moi un homme; oui, tout était oublié : elle avait un amant, c'était ma faute; pardon mutuel! elle allait vivre et nous serions heureux.

Sa voix baissa :

— Nous quitterons cette maison, elle est triste. Oh! nous n'irons pas en Angleterre, mais en Italie, si tu le veux, ou à Alger, nous nous aimerons, dis? tu ne me délaisseras plus, je serai si belle, on ne verra pas la marque de la blessure seulement. Ah! comme tu es brave et que je t'aime; tu as bien fait de tirer sur moi, c'est que j'étais folle, sais-tu... Je crois que je le suis encore un peu, mais c'est d'amour... pour toi! Tu veux bien, n'est-ce pas? le sang lave tout d'ailleurs. A présent, tu peux bien m'aimer; viens, mon ange, viens plus près, sens l'odeur que tu aimes, viens, viens donc! ah!...

Et se cachant la figure avec un cri épouvantable :

— Chasse-la, chasse la vieille! la vieille! derrière, il y a la mort, je ne veux pas qu'elle me prenne, je ne veux pas mourir... Oh! oh! oh! mon Dieu... si jeune, si jolie... si jeune! si jolie!...

Ce furent ses avant-dernières paroles, sa fièvre tomba, le délire cessa un instant, et la nuit, l'horrible nuit avança, seconde par seconde, minute par minute, heure par heure Claire s'assoupit. Le prêtre vint, qui l'administra; puis rien, rien qu'un râle long et lent dans la chambre. Par moments, j'espérais; il y eut un bruit, les draps se froissèrent, la moribonde me regarda, et écartant les mains avec une horreur tragique, elle dit dans une abominable grimace de dégoût :

— Vois-tu, ce n'est pas la Mort!... Ce... sont... les... vers!!!

Presque aussitôt son souffle s'accéléra, puis se ralentit, devint insensible.

Ses doigts commencèrent à griffer les draps, d'un geste mécanique et douloureux, comme si elle voulait se raccrocher quand même à la santé, à l'espérance, au bonheur.

Sa figure, blanche comme la cire, avait l'expression ordinaire de la Claire d'autrefois. Nos cinq ans de vie avaient passé comme une heure. Oh! l'atroce grattement de ses ongles sur les draps.

Elle souriait, de ce sourire de volupté inconsciente qui accompagna sa vie et sa mort. Avec elle, il me semblait que tout de moi s'en allait : que faire, que devenir?

Ses doigts s'arrêtèrent, elle était morte.

Il faut que l'homme soit pétri d'une singulière boue, et que son âme recèle d'infinies bassesses, pour que le suicide ne lui apparaisse, comme soulagement immédiat d'une douleur intolérable, qu'à certaines heures, et non à celles, plus légitimes, où le remords l'alourdit, et où une lâcheté démesurée le guide, veule, morne et blasé, par les petits chemins de la vie, comme un coupable qui ne veut pas être vu.

Quelques années plus tôt, parce qu'une jeune fille refusa ma main, le dépit et la fureur d'un amour de tête me mirent presque le pistolet en main. Et Claire morte, toute joie de vivre abolie, écrasé de spleen, dégoûté de moi-même, je ne songeai pas à mourir.

Pourquoi cette contradiction : celle-ci perdue, tout l'avenir s'offrait à moi. Celle-là morte, que pouvais-je devenir ? Je ne faisais déjà plus que supporter le poids des années, qu'allais-je donc faire ?

Je vécus.

Bien plus, lorsque les heures intolérables des cérémonies funèbres, puis de l'instruction légale, de ma comparution en Cour d'assises, et de mon acquittement immédiat, furent écoulées, j'éprouvai — stupeur étrange — non seulement un soulagement inexprimable, mais un oubli plus prompt du passé que je n'aurais cru : il me sembla que mes poumons s'enflaient à une vie nouvelle, que le poids de la province n'allait plus m'étreindre et m'étouffer, que mon abdication avait été absurde, depuis la première heure, jusqu'au dénoûment ; qu'à trente-huit ans, j'étais jeune, fort, et que, puisque je ne me tuais (nulle envie ne m'en prit !) il me fallait me colleter avec l'action, et vivre enfin.

Une vitalité inattendue afflua à mon cerveau, des idées supportables me vinrent, et un oubli assez profond de ma femme tuée stupidement, d'Harry Grass en fuite, de Hauriette, le dénonciateur, qui depuis mit le détroit entre nous deux.

Ce qui me coûtait était la triste célébrité de mon nom, dans les journaux : ma sincère douleur après l'attentat m'avait concilié toutes les sympathies des jurés, les dépositions du docteur et du président de l'Herminy m'avaient fait acquitter aux applaudissements de l'auditoire. Un rire nerveux me secouait la gorge, quand je pensais à cela ; applaudi ! moi, plaint et acquitté, moi ! O infaillibilité des jugements humains !

Si je leur avais dit, à ces jurés, que je n'avais pas tué ma femme par colère, jalousie, vengeance, amour ; mais simplement parce que le silence me pesait, et que je me sentais « ridicule » dans mon effarement ?... auraient-ils compris ? non.

Je me jetai, sitôt libre, et mes affaires en règle, dans le premier train pour Paris.

J'allai souper au cabaret, non pour le plaisir vulgaire de m'étourdir, mais encore fallait-il bien dîner quelque part.

Je m'attablai et commandai le menu, quand un bel homme, accompagnant deux femmes, entra, moustache retroussée, et dit au garçon :

— Le 7, n'est-ce pas ?

Je reconnus d'Espérabert. Il me regarda, puis passa. Deux minutes après, il redescendit, se croisa avec le maître d'hôtel qui lui remit une dépêche. Il la lut et marmotta :

— L'imbécile ! qu'est-ce qu'il veut que je fasse avec ses deux femmes ?

Et il m'observa, assez longuement, comme s'il ne me reconnaissait pas, d'un regard qui cherchait et qui peu à peu s'éclairait au souvenir. Il sourit, puis me tourna le dos, craignant d'être indiscret.

— D'Espérabert ! appelai-je à mi-voix, vous ne me remettez donc pas ?

— Pardonnez-moi ! et il me serra vigoureusement la main, la bouche ouverte pour parler, puis il la referma, gêné, craignant de me faire du chagrin.

— Et votre livre, a-t-il paru ?

— Oui, non, je fais toujours du journalisme ; la dépêche sautait dans sa main avec distraction.

— Vous attendiez quelqu'un ?

— Bah, c'est inepte ! murmura-t-il.

— Invitez-moi !

— Ah ! fit d'Espérabert, et son étonnement d'une seconde fit place à un empressement aimable de Parisien sceptique :

— Oui, répliquai-je, nous causerons mieux là-haut, et ces dames ne me font pas peur.

Nous montâmes, on me présenta sous un nom quelconque.

Ces deux filles étaient belles, d'Espérabert attendit que ma sympathie se fixât ; ce fut sur une rousse au teint de camélia, ses yeux étaient vert glauque, ses lèvres peintes, ses cheveux d'un or fauve et métallique. Elle était froide et silencieuse. D'Espérabert souriait à une femme, aux cheveux et aux yeux noir de jais, à la peau de gitane, aux souples membres ondulants.

L'hôte attendu par lui étant un maître romancier, très tenu par sa femme, et qui la trompait comme un vieux gamin, les deux filles choisies l'étaient parmi les moins sottes ; elles ne bâillèrent pas et, bonnes camarades au contraire, rirent aux propos du journaliste ; mon entrain fut aussi apprécié, car je ne sais quelle verve nerveuse, quelle surexcitation maladive me soulevaient hors de moi-même : une chaleur brûlante me tenaillait le front ; et il bouillonnait dans mon cerveau : mes idées, mes sensations, mes rêves, se pressaient, s'entrelaçaient, tournoyaient, avec la rapidité des courroies de transmission, dans une usine à vapeur. D'Espérabert, malgré son air d'indifférence tout parisien, parut une ou deux fois surpris, puis détourna immédiatement les yeux.

La créature qui se tenait près de moi, et dont le visage blanc était mat comme celui d'une statue, me souriait aussi, faiblement, avec tendresse.

— Et Aliel, demandai-je ?

— On le trouve tous les soirs dans une brasserie, tout au haut de Montmartre, il a eu un drame en vers, joué à grand'peine ; c'était fort beau, on a sifflé.

— Et vous ?

— Oh moi ! Et il eut le geste d'un homme qui sait à quoi s'en tenir sur son compte ; moi, vous me le rappelez, j'ai été à la mer, chez des pêcheurs, écrire un livre, il est fait, je le crois beau. Au retour, une passion m'a pris, et pour y subvenir, je me suis rejeté dans le journalisme ; je suis célèbre, aujourd'hui, je gagne ce que je veux ; mais, voyez-vous, si je consens à éreinter n'importe qui, à faire toutes les basses cuisines pour avoir de l'or, il y a une chose à laquelle je ne me ravalerai pas: c'est à imprimer mon livre —

je le juge beau, je vous le dis, c'est ma fierté et mon orgueil; mais j'ai passé l'heure de pureté et d'estime de moi-même où je pouvais le publier. Aujourd'hui ce serait une prostitution : quand je serai mort, je ne dis pas, et l'on dira avec étonnement : « Tiens, ce chenapan-là avait presque du génie !... »

Et pour cacher son intime désespoir, qu'il d'un fou et l'entêtement d'un homme ivre.

Elle se laissa embrasser longuement: nos yeux s'étant rencontrés fixement, nos regards y plongèrent tout au fond, comme pour se connaître et s'aimer, puis ils remontèrent, et froids, n'accusèrent rien que le hasard des circonstances, et l'indifférence de nos cœurs... Alors, blasé avant l'épreuve, je répudiai l'avilissante étreinte et m'éloignai.

JE CONNUS, SELON LES PAROLES DE FLAUBERT, « LA MÉLANCOLIE DES PAQUEBOTS...

ne m'avait sans doute montré qu'au double titre d'ami et de provincial, il embrassa dans le cou sa voisine.

La mienne me regarda de ses yeux vert de mer, et me tendit les lèvres en se penchant doucement: mon corps tressaillit, ce qui restait en moi de pudeur fondit.

— A boire! dit d'Espérabert, en redevenant joyeux, et il versa de haut le champagne dans nos coupes. A la fin de la soirée, nous étions gris, volontairement; tandis que le verrou tiré, lui et sa compagne à la fenêtre fumaient des cigarettes, j'attirai sur le canapé la fille rousse.

— Non, non, disait-elle en se débattant.

— Si, si, répétais-je, avec la lucidité

Nos amis se retournèrent, j'éclatai en sanglots.

Je pleurai comme un niais, comme un enfant, intimidé par les regards surpris de d'Espérabert, sympathiques de la brune, fielleux et traîtres, que me distillait, par ses yeux verdâtres, ma maîtresse d'une seconde. On se quitta, et je dis à d'Espérabert, avec une fièvre et un sourire forcé :

— Je croyais que nous causerions, excusez-moi de mon silence.

— Comment donc! C'est tout simple! dit-il. Vous reverra-t-on?

— Peut-être! répondis-je.

Mais je ne le revis point et partis en voyage.

Je connus, selon les paroles de Flaubert, « la mélancolie des paquebots, les froids réveils sous la tente, l'étourdissement des paysages et des ruines, l'amertume des sympathies interrompues. »

Ma sorte de fièvre cérébrale avait pris fin, j'eus conscience que cette surexcitation morbide m'aurait porté assez vite à une névrose aiguë, et peut-être à la folie. Ma nature assez équilibrée prit le dessus, et quand je fus las d'errer, je revins.

Plus que jamais, la solitude me pesait. Seul, je l'avais été de tout temps; seul à Paris, seul en province, seul encore de nouveau, non loin de la quarantaine. Qui donc m'avait compris? Qui avais-je aimé? Personne.

J'étais veuf depuis un an. Je logeais à l'hôtel comme un passager attardé; il me semblait qu'un appartement serait pour moi pénible à habiter et amer à mes tristesses de veuf, car la crainte d'un acoquinement vulgaire me préserva du mal d'aimer; dans mon cœur froid ne végétait plus qu'une illusion: le souvenir de Judith, repoussé comme une fleur d'automne.

Il m'était revenu, ce souvenir, — pouvait-il en être autrement? — il avait grandi, et il ne mourrait point, parce qu'il ne s'attachait pas à des idées basses ou à une satisfaction charnelle, et que, plus haut et intellectuel, il parait une femme que jamais, même vierge, je ne désirai physiquement.

Mes années de province et Claire même (pauvre doux être!) me parurent un cauchemar pénible, une lacune dans la vie vraie, un amas d'heures noires: la vérité, c'était mon premier amour de tête pour Judith; c'était encore, la vérité, cette tardive reprise de sentiments vieillots et mélancoliques pour elle.

De jour en jour, elle m'apparut mieux, avec son charme mystérieux et ses sourires d'énigme, attirante comme une chimère de vieil argent, tissée sur une éclatante étoffe.

Je rêvai à nouveau de ses ternes prunelles, de ses lèvres pâles et de sa robe sombre; car pourquoi, seule d'entre ses compagnes, m'avait-elle de tout temps frappé? Valait-elle mieux que les autres? je ne savais, mais elle n'était pas comme les autres. Derrière ses regards, qu'y avait-il? rien — ou un monde. Pourquoi pas un monde? La curiosité, la soif du nouveau, le besoin de rencontrer un être différent du commun des mortels, cela ne décelait-il pas une âme rare et une intelligence peu vulgaire? Cette préférence même, donnée à M. de Villennes, un vieillard, élu pour mari entre cent jeunes hommes, n'était-ce pas la marque d'un esprit mûr, plus soucieux de son développement intellectuel que de l'étourdissement dans les voluptés banales?

Chose bizarre, la Judith que jadis, sans vouloir en convenir, j'aimai d'une façon contradictoire et d'un désir seulement mental, maintenant, par une « cristallisation » tardive, selon les paroles vraies de Stendhal, s'ennoblissait de mille qualités précieuses, et je lui faisais un mérite de tout.

C'est qu'une émotion vive et une erreur avaient été le point de départ de cette phase nouvelle de mes sentiments, sans quoi ils paraîtraient illogiques. Mais, du reste, ils le furent.

Un soir, au théâtre, s'assit près de moi, accompagnée d'un vieux monsieur, une dame dont la ressemblance avec Judith me frappa d'une émotion si soudaine que mon cœur, endormi pendant sept ans, se réveilla avec une folle violence et battit à m'étouffer.

Que les ressemblances, souvent, sont exactes et cruelles : comment peuvent-elles exister? Les types modèles de la face humaine sont-ils si rares, qu'ils ne puissent que se répéter et se multiplier en imitations serviles?

Car comment expliquer que deux êtres, nés peut-être à des milliers de lieues et sans origine commune, sans rien dans leur état, leur famille, leur caractère, qui justifie cette bizarrerie du destin, se ressemblent cependant, et portent le même masque à travers la vie, au point de duper les spectateurs, et de stupéfier jusqu'aux victimes de cette étrangeté, si elles se rencontraient.

Très élégante, la dame qui était assise près de moi semblait n'être autre que Judith, seulement ses joues étaient pleines, ses yeux plus vifs, comme à une jeune femme embellie par les chances de la maternité; même la voix avait un timbre pareil.

Heures morbides, ou l'aile de la folie frolait mon front humide de sueur.

Par instants, un instinct ironique me soufflait : « C'est elle, que ne lui parles-tu ? » et quand, au risque d'un esclandre, j'allais le faire : « Imbécile ! » ricanait la raison. Non, ce n'était pas Judith, je le savais trop bien, mais si ç'avait été elle?.. Et qu'y eût-il eu de surprenant à cela ?

Si alors, près d'une inconnue, porteuse d'une ressemblance et que le hasard amenait ici, je me sentais ivre et frémissant, qu'eussé-je donc éprouvé, près d'elle?... Judith ! je l'aimais donc ? — certes, je l'aimais ! — puisque si vite et brusquement, s'épanouissait mon âme pour un simple hasard, une image, un reflet !

J'ai horreur du fait divers et de l'aventure nue : dans un roman, l'intrigue et l'action sont ce qui m'intéresse le moins. Voilà pourquoi ceux qui cherchent ici des événements combinés avec art seront déçus. Je ne me suis attaché qu'à éclairer, autant que possible, mes sentiments pendant les deux sortes d'amour très différents, qui pesèrent sur ma vie et qui la ruinèrent, moins par eux-mêmes, que parce que je fus sans volonté pour les diriger, et que, trop occupé à les analyser en moi, je les subis et j'en fus la victime.

Ma première entrevue, depuis si longtemps, avec Judith, ne fut donc pas le fait d'un coup de théâtre. Des amis communs lui manifestèrent mon désir de me présenter chez elle, et simplement, elle me fit engager à venir. Elle vivait retirée, veuve depuis quelques mois de M. de Villennes. Son père, après avoir occupé une haute situation politique, sénateur maintenant, distancé par les promoteurs d'idées nouvelles, était considéré comme arriéré et inutile ; son crédit avait beaucoup baissé. Mon cousin Maxence jouait à la Bourse, redevenu garçon. Sa femme vivait maritalement avec un petit jeune homme qui semblait le frère aîné des enfants.

Je tins ces détails de d'Espérabert ; et ce qui prouve bien que les choses n'existent point virtuellement et n'ont qu'une valeur de relation, c'est que si d'Espérabert, à qui je fis d'entières confidences, s'expliqua fort bien ma vie et mes malheurs de province, par contre, il ne partagea aucunement mon goût pour Judith.

Il l'avait vue dans divers salons, elle lui avait paru insignifiante et banale, en tout cas nullement faite pour inspirer la sympathie ou le désir. De par son tempérament à lui, ajoutait-il même, c'était la dernière des femmes à laquelle il se fût attaché ; elle lui eût plutôt inspiré une répulsion vague, s'il ne s'en était tenu, surtout, à l'indifférence.

Il ne nia point son intelligence, sachant qu'elle s'était entremise plus d'une fois avec succès dans divers intérêts politiques ; — « mais, concluait-il, si peu que je la connaisse, elle me procure l'effet désagréable que m'ont toujours causé les bas-bleus des lettres, de l'art ou de la politique, et puis cette impression physique que Mme de Villennes se classe parmi les animaux à sang froid. Après tout, ce n'est qu'une idée, je ne la connais point ; je la suppose seulement moins instruite que mal instruite, moins soucieuse du beau que curieuse du mal, perverse à froid, s'il faut le dire, et les bruits qui ont couru sur elle m'inclineraient à le croire. »

— Quels bruits ? m'informai-je.

Ce n'était rien de précis ; ces calomnies — quelle femme n'en a subies ? — toutefois semblaient indiquer que Judith, au lieu d'accepter le bonheur tout à fait de l'adultère, avait cherché ses plaisirs, et commis, par curiosité d'âme, d'étranges erreurs. Mais ces bruits, en somme, n'avaient pas de fondement, et qui pouvait en faire la preuve ?

— Personne, me dit d'Espérabert au bout de quelques jours, et cela seul serait, aux yeux de gens prévenus, une confirmation, car Mme de Villennes, je le sais maintenant, n'a point d'amie : elle ne sera donc trahie que par elle-même, et je doute que l'envie lui en vienne.

Ce qui prouverait bien que mon regain pour Judith était tout d'imagination, c'est que je serrai la main à mon confident avec effusion, au lieu de me froisser, et lui me dit avec un pressentiment sceptique :

— Pour vous obliger, je viens, je le vois bien, de sacrifier notre bonne camaraderie ; ni vous ni Mme de Villennes ne me pardonnerez d'avoir répondu selon ma conscience à vos questions.

Le lendemain, je montai en voiture et donnai l'adresse ; c'était aux Ternes : je ressentais un extraordinaire émoi. Qu'allions-nous dire? Qu'allions-nous penser! Impossible que je fusse pour elle un étranger, après notre séparation extraordinaire, son refus dans l'ombre, et son raidissement de vierge seule, disant non à la proposition du mari, et peut-être oui aux baisers de l'amant.

Par moments, la voiture allait avec une lenteur extraordinaire, puis beaucoup trop vite. « Du calme! me répétai-je. Elle m'a fait dire qu'elle recevait tous les jours, elle m'attend, c'est certain, peut-elle douter que je ne vienne?

« Ah! murmurai-je avec transport : oui, je l'aime, — comme autrefois; l'âge, qu'importe? Et quand elle va m'apparaître, je tremblerai; que répondrai-je à ses paroles lentes et d'un timbre sourd, à ses regards énigmatiques? Elle a eu un mari, moi une femme; ce passé révolu, et veufs tous deux, nous allons nous retrouver — tels qu'avant. »

Tels qu'avant, était-ce possible? Cette illusion, je me l'affirmai cent fois, avec force! Aveugle sur moi-même, hélas! et si différent, que je le susse ou non, du passé que j'évoquais!...

Je pénétrai dans une villa, pris une allée, puis une autre. C'était par un temps froid, sous un pâle ciel de décembre; les arbres se dressaient, noirs et secs, derrière le treillage de fer d'étroits jardins, les maisons s'espaçaient, de toute grandeur et de toutes formes; il ne sortait aucun bruit de la villa déserte; et tout ici, les allées vides se croisaient géométriquement, la tristesse des logis et des arbres, me donnait l'impression d'un cimetière muet et inconnu, où les cubes blancs de chaque demeure simulaient des caveaux et de hautes pierres tumulaires.

SES YEUX AVAIENT UN ÉCLAT FIÉVREUX, IL DÉCLAMAIT A VOIX BASSE UN POÈME NOUVEAU.

J'arrivai à une porte de métal sombre, et avant de presser le timbre de la sonnette, je regardai, haussant les yeux; un rideau se relevait, à la fenêtre du premier étage, sur un oblique espace noir, dans lequel s'estompait l'obscure clarté d'un visage et la couleur affaiblie d'une robe. Une figure se colla à la vitre — Judith; — je la reconnus et elle me reconnut : ce ne fut qu'un instant, et sur le vitrage, le rideau, tiré par un invisible doigt, retomba.

A mon coup de sonnette, des pas crièrent sur le gravier et la porte s'ouvrit.

— Madame n'y est pas, me dit la servante, et avec une placidité indifférente, en dépit de ma stupeur, elle répéta, en entendant mon nom, et précisément comme si cela me concernait personnellement :

— Madame n'y est pas !

Je m'éloignai dès qu'elle eut refermé la porte, et à quelques mètres, fixai mes yeux sur la mystérieuse fenêtre. Je me fatiguai la vue à vouloir distinguer Judith, et une confusion mêlée de tristesse me tenait immobile, irrité, sentant qu'elle était là, attestée par les imperceptibles tressaillements du rideau.

J'attendis quelque temps, je disparus, puis revins ; le rideau ne se releva pas, mais, même immobile, il me semblait vivant, et je ne comprenais pas pourquoi Judith, m'ayant assigné un rendez-vous officiel, se refusait à y paraître.

Fatigué, je remontai en voiture, assombri par cette villa-cimetière, qui me gardait, sous la pierre des murs, sans que je pusse lui parler, Judith, comme une morte.

« Si elle ne dort pas, que pense-t-elle de moi ?... »

Je m'enfermai chez moi, la nuit tombait, et sans penser à faire allumer une lampe, dans un fauteuil, les yeux fixés sans voir sur les dernières braises du foyer, je m'entonçai dans une grande mélancolie et un spleen plein de remords amers.

C'était mon malheur, que le visage d'une autre femme, pauvre Claire ! m'apparût aux heures du soir, si j'étais triste : et ce n'était pas en moi l'angoisse spectrale du cauchemar, mais l'oppression logique de l'idée fixe. Mes nerfs ne s'épeuraient pas, mais une indicible douleur, une lassitude funèbre m'envahissaient : je déplorais ma vie et ma solitude m'était alors cruelle, jusqu'à me faire crier et me heurter le front contre les murailles. Heures morbides, où l'aile de la folie frôlait mon front humide de sueur, et me pénétrait d'une indescriptible angoisse.

Aucune distraction ne m'était alors possible, ma volonté n'était de rien, l'ivresse même n'avait pu tuer ces suggestions noires, ni le sourire des étrangères, ni la lecture des chefs-d'œuvre : seule, l'audition de musiques savantes et tristes, aux concerts du dimanche, soulageait ma conscience alourdie. D'ailleurs, j'étais malade ; l'hérédité paternelle s'était affirmée en moi par de tardifs et brusques symptômes, la maladie de cœur dont je souffrais, prolongeait ces heures cruelles où je me méprisais et me haïssais.

Le lendemain, je gagnai tôt la chambre haute où dominant Paris, rue Lepic, Aliel travaillait.

C'était une hideuse mansarde d'hôtel garni, avec des lithographies couvertes de crasse, un lit défait ; la misère s'étalait là froidement, et il n'y avait point de feu dans la cheminée.

Aliel était assis devant une table d'acajou boiteuse et mangée aux vers, il venait de se lever et gardait ses pieds nus dans des savates, un gilet de laine brunâtre enserrait ses maigres côtes, sa chemise ouverte laissait voir la saillante pomme d'Adam et les premiers poils gris de la poitrine. Ses yeux avaient un éclat fiévreux, il déclamait à voix basse un poème nouveau.

M'ayant souri, il recommença sa lecture d'une voix stridente et douce. Ses longs cheveux rares s'échevelaient sous ses doigts distraits, et les vers chantaient en cadence, plus beaux, plus riches, plus sonores, plus chatoyants, dans ce taudis galeux, proférés par ce vieillard génial, que par le plus illustre acteur sur le plus beau théâtre.

Quand il m'eut récité d'autres vers et encore d'autres vers, que je fus rassasié de beauté, que le monde réel, avec ses laideurs et ses politesses eut disparu pour moi, je serrai la main d'Aliel et partis. Nous n'avions pas échangé un mot : à quoi bon? Quelle communication plus éloquente que celle de l'ivresse intellectuelle?

Et en marchant, glacé par le séjour dans la chambre sans feu : « Quel héroïsme ignoré, pensai-je, n'a-t-il pas fallu à cet homme pour que son cœur ne pourrisse pas? Il a gardé toutes ses ingénues fiertés, et seul entre tant d'autres, il n'a accepté ni une aumône, ni un verre d'absinthe, de personne. Son orgueil n'est pas farouche et sa dignité est indemne. Il est resté honnête, bien plus, il est resté pur. » Et une admiration confuse me vint pour cet obscur et doux artiste, que la misère, ce corrodant des plus pures consciences, n'avait pas avili et n'avilirait point.

— Une dame est venue vous demander! me dit-on, quand je rentrai à mon hôtel.

— Où est-elle? fis-je; le cœur me battit.

— Elle n'a point voulu donner son nom, elle a dit qu'elle reviendrait.

Je ne doutai point que ce fût Judith : singulièrement ému, je parai mon appartement, je l'emplis de bouquets et de parfums; j'attendis.

Elle ne vint point. Les parfums s'évanouirent, les bouquets se fanèrent.

J'allai chez elle, un matin; et par les allées attristantes de la villa, j'arrivai à sa porte; elle était ouverte, je la poussai. Une lourde tenture, à la fenêtre, interceptait le jour. Je me trouvai dans un petit jardin sans fleurs, je montai deux marches, dans un vestibule, je frappai légèrement à une porte devant moi, et j'entrai. Une femme se leva avec un cri perçant, et je reconnus Judith. En un éclair tomba ma passion, le froid m'entra au cœur : Judith était vieille.

Au lieu d'une femme que le mariage a faite rose et toute dans la plénitude de ses formes, je voyais la jeune fille d'autrefois, mais comme rétrécie encore, plus éteinte et plus fanée : quelque chose d'indéfinissable et de douloureux sortait de sa figure mate. Comment avais-je pu m'illusionner ainsi? Le froid reflet de ses yeux intelligents avait durci, et n'était plus que d'un métal. Alors je me sentis ridicule de mes illusions, et craignis de lui paraître bien changé à mon tour.

Mais, à ma grande surprise, — car le sang-froid me revint dès cette heure, où mon imagination s'éteignit, — je vis que Judith avait un tremblement involontaire, qu'une grande émotion (la première de sa vie!) passait sur sa face, et qu'après avoir touché de deux doigts rapides ma main, elle se reculait, comme effrayée.

De ce moment, date pour moi une période d'impressions étranges, et que mon sang-froid me permit d'analyser et de noter : passionné, je ne l'aurais pu, mais la vue de la Judith actuelle avait fait cesser le bouillonnement de mon cœur, et je ne fus dorénavant plus avec elle que comme un ami.

Nous parlâmes et ses yeux me cherchaient, me lançaient un pâle éclair, puis se baissaient rapidement. Une étrange déférence passait dans sa voix mal assurée, on eût dit qu'elle me craignait, qu'en même temps elle m'aimait, et qu'elle n'eût osé me parler plus cœur à cœur. Quand je la quittai, j'emportais cette étrange constatation : un revirement inexplicable s'était produit entre nous, les rôles étaient intervertis, c'était moi qui étais maître de mes moyens, c'était elle l'intimidée; son ancien air de supériorité avait fait place à une sorte d'humilité.

Autre remarque : si j'étais resté dans mes

dispositions d'amoureux tremblant, sans doute j'eusse dit et elle eût répondu des choses graves et d'un intérêt poignant pour nous. Au contraire, elle restant dans cet état d'émotion, et moi calme et refroidi, nous ne dîmes rien que d'indifférent, et notre conversation me laissa le plus confus des souvenirs.

Mais l'intérêt de la vie ne se mesure pas à la vivacité des paroles ni au dramatique des situations; au contraire, le plus souvent, il procède de dessous gris et d'apparences ternes. Pour un spectateur non prévenu, mon entrevue avec Judith eût paru banale et insignifiante; pour nous, ce fut le point de départ d'une vie imprévue et nouvelle.

Car un mystère était né.

Pourquoi Judith se montrait-elle ainsi, à mon égard, si changée, si timide et confuse, comme si jadis elle m'avait fait, et eût voulu réparer aujourd'hui un tort imaginaire, ou encore comme si elle m'avait méconnu, s'était trompée, et maintenant avait de moi une révélation qui la troublait? — Qu'était-ce donc?

Pourquoi, toujours énigmatique, et sous une nouvelle forme, Judith devait-elle m'intriguer à nouveau?

Et ce n'était point la surprise de se retrouver, après cinq ou six ans, et de sentir remonter en soi des sèves anciennes qu'on eût pu croire taries : non; car sa façon d'être ne changea pas avec moi, dans l'intimité où nous entrâmes, bien plus, elle s'accentua, et à ma profonde surprise, je vis grandir dans son esprit, plein de la curiosité ancienne (qui fut toujours le fond de sa nature), ces deux symptômes nouveaux, la peur, et si bizarre que cela paraisse, l'admiration.

Oui, une admiration épeurée, une curiosité trouble, voilà ce qu'éprouvait Judith pour moi. Mais pourquoi? Je n'en trouvai la raison que plus tard, trop tard.

Il advint ce qu'on devine, après assez peu de temps, le mutuel projet d'un mariage de convenance ne nous parut point absurde, et nous nous y décidâmes après mûre réflexion.

Il nous semblait, réservés par le sort primitivement l'un à l'autre, nous retrouver seulement maintenant. Nous nous déclarions vieux, quoique jeunes encore, et ne faire là qu'un mariage de raison.

Heureux, nous n'avions pu l'être dans une première union, chacun, parce que nous avions manqué d'expérience, et à raison d'une incompatibilité d'esprit, de cœur et d'amour. Tandis qu'ici, nos âges, nos positions, nos goûts concordaient. Et si nous ne nous aimions pas au sens passionné du mot, du moins sa première sympathie et ma première tendresse d'autrefois, jetaient sur l'heure présente comme une poésie.

Nous étions surtout libres, elle veuve, moi sans famille. Ses parents, qui avaient vécu en grand désaccord d'intérêt et de politique avec M. de Villennes, elle ne les voyait que peu et froidement.

Nous nous mariâmes sans faste, unis à la mairie en présence des témoins, et nous partîmes le jour même pour l'Italie.

Si le voyage de deux jeunes mariés, avec ses arrêts pénibles et le premier viol dans une auberge, nous semblait niais et répugnant, il n'en était plus de même pour nous.

Toute la nuit, dans un wagon-lit, nous causâmes, comme des amis calmes, regardant les prairies, les arbres, les rivières bleues, fuir dans l'argenté clair de lune.

Un moment Judith reposa : moi je rêvai, la contemplant, trouvant étrange ma destinée, allée au fil de l'eau, et expliquant par la fatalité, qui n'explique rien, cette seconde faiblesse d'un mariage.

Judith dormait, elle était en simple robe noire, les plis d'un manteau brun l'enveloppaient; ses sèches chevilles dans des bottines montantes, dépassaient la jupe sans grâce. Elle tenait unies ses mains dégantées et maigres, son visage vieilli était jauni par la lumière : rapporté à l'air ordinaire de Judith, il semblait seulement plus fatigué. Quoique son sommeil fût profond, ses yeux n'étaient point clos, on voyait une partie de l'iris bleu et sans expression. Elle n'était point belle, mais sèche et résistante : mes désirs et mes goûts n'étaient plus ceux de mon premier mariage, et même eût-elle été laide, à l'étudier soigneusement, je lui reconnaissais un charme inquiétant et une attirance bizarre. Elle était désirable, non pour la satisfaction de sens grossiers, mais pour des plaisirs où se mêlerait toujours une pensée, le plus souvent mélancolique ou âpre ; telle, elle ne devait inspirer l'amour que de certains hommes, moins par elle-même et l'attrait physique, que par son air, ses paroles et l'énigme de son esprit.

Je la regardais avec attention, frappé de l'entre-bâillement de ses cils ,et supposai : « Si elle ne dort pas, que pense-t-elle de moi et de cette nuit qui nous lie ? » — Elle dormait.

Un brusque coup de sifflet la fit tressaillir ; tirée d'un rêve bien lointain, elle ouvrit les yeux et à ma vue changea de couleur, comme si elle ne se fût pas attendue à me voir là ; les mêmes sentiments obscurs que la veille, s'empreignirent sur son visage, puis elle sourit, se rappelant que nous étions mariés.

Nous parlâmes encore. La lune ne brillait plus, des nuages s'amoncelaient, et nous ne traversions que du noir déchiré par des lumières brusques et rougeâtres. Le train courait à toute vapeur, il procurait une sensation singulière de fuite et de course vers un but ignoré ; était-ce le passé que nous quittions si vite, était-ce à demain que nous allions ? Il y avait une griserie de rêve et une énervante douceur à fuir ainsi, à deux, seuls et muets dans la nuit.

Nous nous observions, et je vins plus près d'elle, en la regardant avec tendresse. Un tremblement léger la prit au bout de quelques instants, puis elle devint grave et m'entra les yeux dans les yeux.

— A quoi pensez-vous, fis-je ?

Alors, d'une voix altérée, et gravement, comme si cette question avait pour elle une importance extraordinaire, elle répondit :

— Vous me connaissez, — (mystérieuse au contraire, jamais elle ne m'avait intrigué autant), — mais moi, je ne vous connais pas. Il y a eu entre nous des années de tristesse et des événements cruels ; jurez-moi, si vous m'aimez, qu'un jour, je ne dis pas demain, vous m'accorderez votre confiance. Je ne suis pas curieuse, je veux vous comprendre Si pénible que cela puisse vous être, et ce le sera moins que vous ne pouvez le croire, — car je serai là pour m'affliger, pour souffrir, pour sympathiser avec vous, — me donnerez-vous cette marque d'amitié ?

— Mais, fis-je en hésitant, surpris moins de la demande que de l'instant, et avec un malaise de pudeur froissée, — ne savez-vous pas tout ce qui peut vous intéresser, et tout le monde ne le sait-il pas autant que vous ? Les journaux du temps, ajoutai-je avec une triste ironie, ont publié mon portrait, mon histoire, mon éloge et... le reste. Pourquoi revenir là-dessus ?

— Pourquoi ? répéta-t-elle comme un écho et ses yeux brillèrent avec étrangeté, mais parce que, simplement, je suis votre femme. Et voyant que ce mot, qui contient tant d'attendrissement, m'émotionnait, elle sourit, se pencha vers moi, hors du manteau brun qui tomba jusqu'à ses pieds :

— Oui, votre femme, votre femme qui vous aime ; et elle baisa mes lèvres sans que je tressaillisse.

— Dites-moi, ajouta-t-elle en baissant la voix, avec une terreur dont elle paraissait jouir, et en cambrant sa gorge mince :

« Me tueriez-vous *aussi*, *Moi ?* »

MODERN-BIBLIOTHÈQUE

PRIX DU VOLUME { Broché. . . . . . 0 fr. 95
Cartonné. . . . . 1 fr. 50 }

Pour paraître le 1er Septembre

LE NOUVEAU JEU

par HENRI LAVEDAN, de l'Académie française
ILLUSTRATIONS DE MANUEL ORAZI

Dans la même Collection ont paru :

CRUELLE ÉNIGME, par Paul BOURGET, de l'Académie Française.
ILLUSTRATIONS DE A. CALBET.

FLIRT, par Paul HERVIEU, de l'Académie Française.
ILLUSTRATIONS DE F. BELLENGER.

LA MAISON DES DEUX BARBEAUX, par André THEURIET de l'Académie Française.
ILLUSTRATIONS DE HUARD.

L'ABBÉ JULES, par Octave MIRBEAU
ILLUSTRATIONS DE HERMANN-PAUL.

LES TRANSATLANTIQUES, par Abel HERMANT
ILLUSTRATIONS DE HERMANN-PAUL.

ANDRÉ CORNÉLIS, par Paul BOURGET, de l'Académie Française.
ILLUSTRATIONS DE STARACE.

LA GLU, par Jean RICHEPIN
ILLUSTRATIONS DE LAURENT-DESROUSSEAUX.

SIRE, par Henri LAVEDAN, de l'Académie Française.
ILLUSTRATIONS DE CONRAD.

L'INCONNU, par Paul HERVIEU, de l'Académie Française.
ILLUSTRATIONS DE H. MORIN.

LES DIABOLIQUES, par BARBEY D'AUREVILLY
ILLUSTRATIONS DE MARODON.

CÉLESTE PRUDHOMAT, par Gustave GUICHES
ILLUSTRATIONS DE RENÉ LELONG.

SOUVENIRS DU VICOMTE DE COURPIÈRE, par Abel HERMANT
ILLUSTRATIONS DE A. CALBET.

MONSIEUR DE COURPIÈRE MARIÉ, par Abel HERMANT
ILLUSTRATIONS DE A. CALBET.

L'ARMATURE, par Paul HERVIEU, de l'Académie Française.
ILLUSTRATIONS DE LAURENT-DESROUSSEAUX.

LES DEUX ÉTREINTES, par Léon DAUDET
ILLUSTRATIONS DE DABAT.

MÉMOIRES D'UN JEUNE HOMME RANGÉ, par Tristan BERNARD
ILLUSTRATIONS DE HERMANN-PAUL.

RENÉE MAUPERIN, par Edmond et Jules DE GONCOURT
ILLUSTRATIONS DE HENRI MORIN.

LE COEUR DE PIERRETTE, par GYP
ILLUSTRATIONS DE MARCEL CAPY.

HORS SÉRIE : PRIX EXCEPTIONNEL { Broché. . . . 1 fr. 50
Cartonné. . . 2 fr. 25 }

VOLUME INÉDIT

AU SERVICE DE L'ALLEMAGNE, par Maurice BARRÈS

ILLUSTRATIONS EN NOIR ET EN COULEURS DE GEORGES CONRAD

Achevé d'imprimer
Pour M. Arthème FAYARD
sur les presses de la maison
WELLHOFF et ROCHE

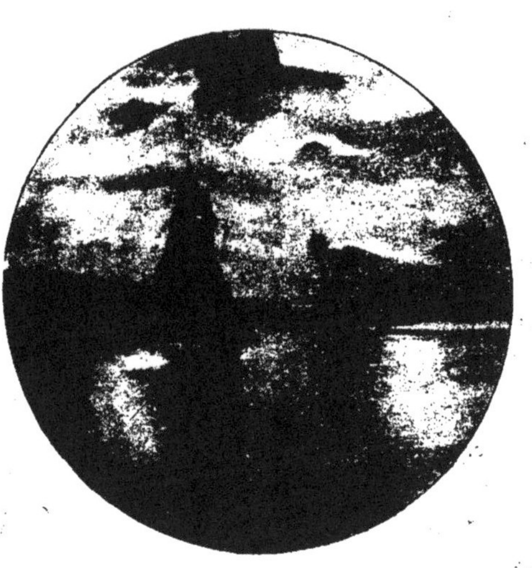

Il parait un volume au commencement de chaque mois

Imp. Wellhoff et Roche, 55, rue Fromont, Levallois-Perret. Tél. 318-15.

www.ingramcontent.com/pod-product-compliance
Ingram Content Group UK Ltd.
Pitfield, Milton Keynes, MK11 3LW, UK
UKHW021057260726
13994UKWH00002B/554

9 782329 337784